AF575998

1. Erste Hochzeit

Es war an einem schönen Sommertag im Juli 1991. Das genaue Datum hatte Tom wenige Monate später vergessen. Dabei sollte es doch ein ganz besonderer Tag sein! Halle, die graue Arbeiterstadt, über der bis vor kurzem noch der Dunst aus den volkseigenen Chemiewerken Buna und Leuna wie eine Glocke hing, schien sich hübsch gemacht zu haben. Tom war 25 Jahre alt, doch die Hochzeit hatten seine Eltern organisiert und geplant. Im frisch gewaschenen und mit Blumen geschmückten Ford Sierra fuhren sie am Standesamt vor: seine Eltern, Tom und seine vier Jahre jüngere Braut Sabrina. Sie warteten ein wenig, erledigten die Formalitäten, dann ging es los. Ein bisschen reden, ein bisschen albern sein, feuchte Hände, schließlich das Jawort. Es war nicht die Traumhochzeit wie aus dem Fernsehen, sondern ein feierlicher Verwaltungsakt. Während der Zeremonie drehte sich Tom immer mal um, schaute in die Gesichter der Verwandtschaft. Das brachte ihm anschließend beschwörende Worte seiner frischgebackenen Schwiegermutter ein: „Wer sich während der Hochzeit umsieht, schaut schon nach etwas Neuem!", herrschte sie Tom an.

Sie sollte Recht behalten.

Sabrina sah gut aus, obwohl sie sich aus dem Versandhauskatalog eingekleidet hatte. Sie trug einen beigefarbenen Dreiteiler, dazu weiße hochhackige Schuhe. So wollten sie es haben. Der Osten war gerade zum Westen gewendet worden, das Brautpaar studierte in Leipzig, Toms Eltern hatten ihre Jobs verloren. Deshalb musste alles möglichst günstig sein. Ein Häubchen auf dem Kopf hatte Sabrina konsequent verweigert, sie kam sich damit albern vor. Sie, die sonst Rolling Stones hörte und ziemlich burschikos daherkam, war für mädchenhafte Traumhochzeiten nicht zu haben. Tom war mit seiner großen, schlaksigen Gestalt in einen schwarzen Anzug gestiegen, den Hals schnürte eine Fliege zu. Alle sagten, er sähe gut aus. Er empfand das anders. Seine roten Haare leuchteten wie eine Boje aus dem weiten Meer.

Nach der offiziellen Zeremonie fuhr das Brautpaar samt Hochzeitsgesellschaft in die Gartenkolonie von Toms Eltern, um in der dortigen Kneipe zu feiern. Modern waren nur die bunten Spielautomaten an der Wand, die es seit der Wende in der ehemaligen DDR in jeder Spelunke gab. Auch dieses Lokal erinnerte eher an eine herunter gekommene Bahnhofskneipe. Das Wirtsehepaar passte dazu perfekt. Sie – eine dürre, verbrauchte Gestalt mit Haaren wie Spinnweben. Er – das ganze Gegenteil: dick, aufgedunsen und mit fettig-glänzender Haarpracht. Beiden hatte der Alkohol dicke, rote Nasen verpasst. Das Essen wird bestimmt lecker, dachte sich Tom. Aber dann war es doch besser als befürchtet. Er schämte sich dafür, in dieser Kneipe seine Hochzeit zu feiern. Doch tröstete er sich damit, dass sie dem jungen Glück nichts kostete. Schließlich übernahmen seine Eltern die komplette Rechnung. Und wer nicht bezahlt, darf auch nicht meckern.

Spätabends wurde es eine feucht-fröhliche Party. Ein äußerst beleibter DJ spielte Musik, die in Toms Ohren grausig klang. Doch zu den Oldies und albernen Partyliedern tanzte die Hochzeitsgesellschaft ausgelassen. Alle waren guter Dinge, nur Oma nicht. Für ihre stolzen 90 Jahre war sie noch wirklich gut drauf, saß aber die meiste Zeit in Gedanken versunken auf ihrem Stuhl, nippte hin und wieder an einem Pfefferminzlikör und war sich weitgehend selbst überlassen. Tom empfand Mitleid für sie, deshalb ging er hin und wieder zu ihr, um mit ihr zu reden. Das war schwierig, weil Oma auf einem Ohr taub war. Der höllische Druck einer explodierenden Bombe hatte ihr 1944 bei einem Angriff der Amerikaner das linke Trommelfell zerfetzt. Tom musste schreien, damit Oma überhaupt etwas verstand, zumal bei der lauten Musik. Spätabends bat sie nach Hause gefahren zu werden. Tom war müde und hatte auch keine Lust mehr auf Party. Am liebsten wäre er ebenfalls abgehauen, doch das gehörte sich als Gastgeber natürlich nicht. Stunden später war endlich Schluss, und er fuhr mit Sabrina und ihrer lesbischen Freundin Maja, die die Trauzeugin gewesen war, nach Hause in die Plattenbauwohnung. Die Hochzeitsnacht verlief so unspektakulär wie die Hochzeit selbst. Sabrina und Tom gingen ins Bett und schliefen ein.

Damit endete ein Tag voller Anspannung, die nicht unbedingt etwas mit der aufregenden Vermählung zu tun hatte. Am Nachmittag hatten sich beide zum ersten Mal als Ehepaar gestritten. Sabrina hatte schon vor dem Eklat um Oma über Toms Eltern gemeckert. Tom fühlte sich davon genervt. Die Eltern des Brautpaares waren so verschieden wie die jungen Leute selbst: Sabrinas Eltern stammten aus einem größeren Dorf im Thüringer Wald und konnten Großstädter nicht ausstehen, weil die in ihren Augen viel zu arrogant waren. Toms Eltern waren dominant und davon überzeugt, sie hätten mit allem Recht und gaben daher die Richtung vor. Das junge Paar stellte sich jeweils schützend vor seine Eltern und trug den Meinungskampf miteinander aus. So sollte es auch in den Folgejahren bleiben. Sie waren über eine Lunte verbunden, die sich schnell entzündete und häufig für explosive Debatten sorgte. Schon kurz nach der Hochzeit keimten in Tom leise Zweifel auf, ob es tatsächlich richtig war, Sabrina zu heiraten.

Dabei hatte er diese Ehe gewollt.

2. Sabrina

Tom hatte Sabrina zum ersten Mal auf dem Weg zum Handballtraining in einer Straßenbahn in Leipzig gesehen. Es war Anfang 1989, als die DDR noch existierte. Tom saß neben einem Kumpel, plötzlich stürzte ein bildhübsches Mädchen mit langen schwarzen Haaren und knallenger Jeans vor, setzte sich neben Tom auf den Stuhl und schlug ihm freundschaftlich auf den Schenkel: "Na du, wolltest du auch Journalistik studieren und hast den Studienplatz nicht gekriegt?“ Er war völlig überrascht und reagierte so, wie er oft reagierte, wenn er unsicher und verlegen war. Er blockte ab und überspielte seine Unsicherheit mit Arroganz. Wie konnte es so ein junger Hüpfer auch wagen, ihm auf die Ketten zu gehen und weismachen zu wollen, dass er nicht erreicht habe, was er sich vorgenommen hatte! Dabei hatte sie Recht. Für das Journalistik-Studium gab es Jahr für Jahr zu viele Bewerber. Nur die Ja-Sager im SED-Staat bekamen einen der begehrten Plätze. Bei seinem Vorbereitungslehrgang im DDR-Fernsehen war Tom unrühmlich aufgefallen, weil er lieber aktiv als Redaktionsvolontär arbeitete statt sich in FDJ-Seminaren die führende Rolle der Partei zu Gemüte zu führen. Zwangsläufig hatte Tom daher ein Studium der Politischen Ökonomie begonnen mit der Aussicht, später als Quereinsteiger doch noch als Journalist zu arbeiten. Aber all das ging Sabrina nichts an. Und so erklärte er ihr, dass die Wirtschaftswissenschaft doch auch eine hervorragende Studienrichtung sei, er dennoch Journalist werden und deshalb ganz gut damit leben könne. Sie fühlte sich nun ihrerseits brüskiert. In diesem Moment sagte sie nichts und erzählte erst Monate später, was sie dachte: Welch ein überheblicher Vogel!

Nachdem sie ausgestiegen waren, sagte Tom zu seinem Kumpel: „Hey, hast du die gesehen? Die hat ja ein Fahrgestell!“ Er stellte sie sich nackt vor. In Gedanken sah er ihre jungen, festen Brüste, ihren runden knackigen Hintern und streichelte über ihr niedliches Gesicht. Wie wäre es, mit ihr zu schlafen? Mit damals 23 Jahren hatte er schon einige sexuelle Erfahrungen gemacht, weitere konnten natürlich nicht schaden. Im Internat wartete zwar seine aktuelle Freundin, die ihn regelrecht vergötterte, für Tom aber war sie nicht mehr als eine hübsche Eroberung und ein netter Zeitvertreib, eigentlich ein Sexobjekt. Sabrina wirkte anders auf ihn: Sie kam ihm selbstbewusst vor und war darüber hinaus auch noch deutlich attraktiver. Zunächst aber verlor er sie wieder aus den Augen.

Doch irgendwann lief sie ihm in der Mensa der Uni Leipzig über den Weg, und er ging auf sie zu. Zunächst war sie wegen seiner damaligen Abfuhr sichtlich reserviert. Später aber taute sie auf, und sie kamen sich näher. Sie sah wirklich gut aus. Eine perfekte Figur mit tollen Rundungen, ein wunderschönes, weiches Gesicht, braune, makellose Haut, glänzende schwarze Haare.

Tom begann sich zu verlieben.

Außerdem erwachte in ihm das Kämpferherz. Sabrina hatte einen Freund in einer Kleinstadt im tiefsten Süden Thüringens. An den Wochenenden fuhr sie meistens dorthin. Aus ihren Schilderungen hörte Tom zwar heraus, dass die Beziehung kurz vor dem Aus stand, weil ihm die Sauftouren mit seinen Kumpels wichtiger waren als seine Freundin. Aber noch war das Ende nicht gekommen. Tom versuchte, sie auf dem Campus so oft wie möglich zu sehen.

Dabei drängte er sich nicht auf, zeigte ihr aber seine Gefühle. Wenn sie nicht da war, verfasste er in aufrichtigen Worten herzzerreißende Liebesbriefe. Er verspürte Sehnsucht und erstmals echte Schmetterlinge im Bauch. An manchen Tagen wurden aus dem Kribbeln regelrechte Krämpfe.

Beide trafen sich nun häufiger, standen mitunter stundenlang auf dem Gang im Wohnheim der Uni und sprachen über alles Mögliche. Nachts halb zwei verabschiedeten sie sich. Dieser Zeitpunkt hatte sich nach vielen langen Abenden so eingepegelt. Eines Abends war es wieder so, beide standen da, erzählten, dann küssten sie sich lange und intensiv. Plötzlich zog es sie in einen kleinen Duschraum auf der Wohnetage, der so groß war wie eine Besenkammer. Darin stand ein hässlicher und abgenutzter Holzhocker, der auf den Sperrmüll gehörte, doch das störte sie nicht. Sie rissen sich die Kleider vom Leib und keuchten vor Lust. Er setzte sich auf den Hocker, und sie sich auf seinen Schoß. Es brauchte nicht viele rhythmische Bewegungen bis sich die Lust ergoss und beide wieder entspannen konnten.

Sie spürten, dass sie nun zusammengehörten. Also taten sie auch alles, um zusammen zu sein. Sabrina hatte aus ihrem Freund inzwischen ihren Ex gemacht. Im Wohnheim ergab es sich nach einer Weile, dass sie ein Zwei-Mann-Zimmer beziehen konnten. Das Paar betrachtete es wie seine erste kleine Wohnung. Doch ihr Ex-Freund gab noch nicht auf und ließ sie zweifeln. War es richtig, sich gleich in eine neue Beziehung zu stürzen? Vielleicht ändert er sich ja doch noch? Für Tom waren es nervenaufreibende Wochen. Vor allem wenn Sabrina zu Hause in ihrem Thüringer Dorf in der Nähe von Suhl war, hatte er keine Ruhe. Vielleicht steht plötzlich der Ex vor der Tür steht und lässt sie rückfällig werden? Wenn Tom etwas hasste, war es Ungewissheit. Doch zu seinem Glück zog sie den endgültigen Schlussstrich und hakte die Beziehung auch innerlich ab. Tom hatte wirklich das Gefühl verliebt zu sein. Das junge Glück kam kaum aus dem Bett, schlief an manchen Tagen vier Mal miteinander. Tom war stolz, eine so schöne und kluge Frau zu haben, mit der er diskutieren und viel Spaß haben konnte.

Das alles geschah in einer hochpolitischen, äußerst spannenden Zeit. In der DDR spürten alle den großen gesellschaftlichen Umbruch kommen, den Gorbatschow in der Sowjetunion mit „Glasnost“ und „Perestroika“ eingeläutet hatte. Tom und seine Sabrina wussten, dass sie in einem verknöcherten System lebten, und dennoch verteidigten sie es. Hier waren sie zu Hause, hier waren sie aufgewachsen und fühlten sich sicher. Die Montagsdemonstrationen gerade in Leipzig, die Grenzöffnung und später die Rufe nach der deutschen Einheit – Sabrina und Tom gehörten nicht zu jenen, die die DDR gleich abschaffen wollten. Sie wollten eine neue Führung, ehrliche Politik für die Menschen, Reise- und Pressefreiheit, Meinungsvielfalt. Helmut Kohl wollten sie nicht.

Es waren Wochen und Monate voller Diskussionen. Mit anderen Studenten saßen Sabrina und Tom an langen Tischen der Mensa ihrer Leipziger Uni und redeten sich die Köpfe heiß. Zeitungen und Fernsehen waren nie spannender als in der Wendezeit der DDR. Weil Sabrina Journalistik und Tom Wirtschaft studierte, hatten sie unterschiedliche Studienpläne. Sie konnte deshalb nicht an allen Debatten teilnehmen, bei denen Tom so lebhaft mitdiskutierte. Dabei keimte plötzlich ein komisches Gefühl in ihm auf. Warum gefiel es ihm, wenn sie sich an diesen Debatten aus Zeitgründen nicht beteiligen konnte?

Was war los? Er liebte dieses Mädchen und freute sich, wenn sie nicht da war? Immer wieder überkam ihn dieses Gefühl, eine Erklärung fand er aber nicht. Dafür registrierte Tom weitere Dinge an Sabrina, die ihn störten. Sie lachte übertrieben laut, so dass er sich manchmal schämte, wenn sie gemeinsam unter Leuten waren. Sie hatte ein großes Ego, schien sich beständig behaupten zu müssen und drängte sich in den Vordergrund. Wenn es in den zahllosen Gesprächen und Diskussionen mal nicht um Politik, das Studium oder eine Party, sondern ausnahmsweise einmal um Tom ging, reagierte sie verächtlich, als hätte sie Angst, sie könnte nicht im Mittelpunkt stehen und er würde ihr das Wasser abgraben. Ständig brauchte sie ihre Selbstbestätigung, und die holte sie sich, indem sie sich in den Mittelpunkt rückte. Dabei konnte sie sogar ziemlich verletzend sein. Erst später wurde Tom bewusst, dass sich Sabrina in der Öffentlichkeit niemals lobend über ihn geäußert hatte. Geschweige denn, dass sie Stolz erkennen ließ, mit Tom zusammen zu sein. Er hingegen fühlte sich trotz der Zweifel weiterhin verliebt. Hinzu kam die sexuelle Lust auf diese schöne Frau. Beides neutralisierte den zunehmenden Lärm der Alarmglocken mit süßen Klängen. Und so war in ihm der Wunsch gewachsen, Sabrina zu heiraten. Er wollte einfach über das hinwegsehen, was ihn an ihr störte. Er, der sich selbst als unattraktiv empfand, wollte die Schöne, die manchmal ein Biest war. Deshalb hatte er sie zur Heirat gedrängt.

Tom wollte Sabrina für sich.

3. Journalist

In der Nachwendezeit musste sich jeder neu orientieren. Geistig und praktisch. Professoren, die gestern noch die Philosophen Marx und Engels als das Nonplusultra lobten, sprachen jetzt von Ludwig Erhardt und Marktwirtschaft. Marx und Engels waren nur noch zwei von vielen, denen man auch nicht alles glauben dürfe.

Zur selben Zeit erhielt Tom das Angebot, bei der neu gegründeten Lokalzeitung in Suhl als Redakteur zu arbeiten. Die Verbindung war über Sabrina entstanden. Die Zeitungsleute arbeiteten in den Räumen einer Nachrichtenagentur, bei der Sabrina noch zu DDR-Zeiten einen Teil ihrer journalistischen Ausbildung absolviert hatte. Ihre einstige Mentorin leitete nun die Redaktion der Suhler Zeitung. Tom stellte sich bei ihr vor, schrieb ein paar Artikel auf Probe und bekam tatsächlich die Zusage für eine Festanstellung. Statt 300 Mark Stipendium konnte er nun das Sechsfache verdienen. Welch ein Traumgehalt! Tom willigte ein. Sein Studium hatte ihm sowieso nie viel Spaß gemacht - auch, weil es in diesen Zeiten des Umbruchs an der Uni Leipzig drunter und drüber ging. Offiziell abgemeldet hatte sich Tom nach vier Semestern dort nie, er ging einfach nicht mehr hin, und kein Hahn krähte danach.

Tom stürzte sich in seine neue Aufgabe. Er arbeitete nun bei der Suhler Zeitung und war allein dafür verantwortlich, täglich eine komplette Zeitungsseite aus dem 15 Kilometer entfernten Schleusingen zu liefern. Die Kleinstadt mit ihrem historischen Altstadtkern, der imposanten Bertholdsburg und der nicht weniger erhabenen St. Johanniskirche zählte gerade mal 6.000 Einwohner. Die Menschen, die Gegend – alles war für den Großstädter Tom vollkommen fremd. Nicht nur in der großen Politik schien nach der deutschen Wiedervereinigung ein Ereignis das andere förmlich zu jagen. Auch in Schleusingen schlossen Betriebe, verloren Leute ihren Job und machten sich Sorgen um die Zukunft. Diese Geschichten wollte Tom erzählen. Schnell entwickelte er ein Gespür dafür, was die Menschen bewegte. Er hörte ihnen aufmerksam zu und brachte alles in die Zeitung, was er für berichtenswert hielt. Obwohl es bewegende Monate waren, fiel es ihm nicht leicht, sechsmal pro Woche jeweils eine komplette Zeitungsseite zu füllen. Alles musste recherchiert, geschrieben, in Form gebracht und technisch verarbeitet werden. Auch für die Fotos war er zuständig und musste die Filme und Abzüge selber entwickeln, die dann samt der Zeitungstexte auf Diskette per Kurier zum Satz und später zur Druckerei gebracht wurden. Tom arbeitete wie wild, mitunter 14 Stunden am Tag.

Dabei fraß ihn der Ehrgeiz auf. Er knüpfte Beziehungen zu bedeutenden Leuten in der Stadt und versuchte, durch kritische, aber faire Berichte das Vertrauen der Leser zu gewinnen. Langsam ging es vorwärts. Der Stress blieb, aber zunehmend erntete er Lob und Zuspruch der Leser sowie der Redaktionskollegen in Suhl. Mit seiner Zeitungsseite sorgte er dafür, dass sich die Menschen mit ihren Geschichten mitten aus dem Leben wiederfanden. Nach einigen Monaten wurde ihm bewusst, dass eine Lokalseite in einer überregionalen Zeitung zwar Anklang findet, die Leser aber viel lieber eine eigene Zeitung hätten. Eine Zeitung, die den Stadtnamen im Titel trägt. Schließlich durften sich die Menschen nun wieder an ihre Identität, an ihre Wurzeln und ihre Herkunft erinnern und durften stolz darauf sein. Tom ging Klinken putzen und hatte Erfolg. Nach einigen Diskussionen willigten die Chefs des Mutterverlages im Westen ein. Im August 1991 erschien das „Schleusinger Tageblatt" zum ersten Mal. Es war *sein* Kind, es war *sein* Erfolg, auf den er unendlich stolz war. Die Abonnentenzahlen stiegen, der schier übermächtigen Konkurrenz durch die ehemalige SED-

Bezirkszeitung machte er mächtig Ärger. Inzwischen hatte er mit Steffen einen Kollegen bekommen. Gemeinsam mit ihm und einem freien Mitarbeiter produzierten sie nun täglich zwei Lokalseiten. Jeder Tag blieb eine Kraftanstrengung, Freizeit gab es kaum. Einmal arbeitete Tom von Januar bis November fast jedes Wochenende und hatte in dieser Zeit nicht einen freien Tag oder Urlaub.

Zunächst wohnte er ein paar Monate in einem möblierten Fremdenzimmer im Haus neben der Redaktion. Später zogen er und seine Ehefrau in eine kleine Dachwohnung, die sie sich neu eingerichtet hatten. Sabrina studierte bis 1993 in Leipzig weiter. Sie war nur am Wochenende da, so dass sich Tom in der Woche voll seinem Job hingeben konnte. Sehnsucht nach Sabrina spürte er zwei Jahre nach der Hochzeit nicht mehr. Vielmehr fühlte er sich am besten, wenn sie nicht in seiner Nähe war. An dieses Gefühl hatte er sich inzwischen gewöhnt und hinterfragte es auch nicht mehr. War sie nicht da, konnte er sein, wie er wollte und musste nicht aufpassen, was er sagte. Denn Kritik hörte Sabrina gar nicht gerne, besonders nicht, wenn es um ihr Äußeres ging. Inzwischen hatte sie ein paar Pfunde zugelegt, was Tom zunehmend störte. War sie nicht da, gab es keinen Streit.

4. Steffen

In dieser Zeit wuchs die Freundschaft zu seinem Kollegen Steffen. Beide sprachen viel miteinander, und wenn die Arbeit getan war, gingen sie mal auf ein Bier in die Kneipe oder blieben in der Redaktion, um einfach nur zusammen zu sein. Wie gute Kumpels eben. Steffen hatte eine Freundin und wohnte nicht im Ort, sondern in einer nahegelegenen Stadt. Seine Beziehung war am Ende, er liebte seine Freundin nicht, denn er empfand sie als ziemlich dümmlich und nervig, weil für sie Dinge wichtig waren, über die er gar nicht nachdachte. So hatte seine Freundin beim ersten Zusammentreffen mit Sabrina gefragt, ob sie denn auch die Geschirrtücher bügele.

Steffen wollte weg von ihr, traute sich aber nicht, seiner Freundin das Beziehungsende zu gestehen und machte sich deshalb heimlich aus dem Staub. Tom half ihm dabei und hatte einen handfesten Hintergedanken. Er wollte öfter und länger gemeinsame Zeit mit Steffen verbringen. Nachdem beide Männer ihr Tagwerk erledigt und die Zeitung des Folgetages gefüllt war, fuhren sie in Steffens Wohnung und nahmen mit, was ihm gehörte. Seiner Freundin schrieb er einen Brief, in dem er ihr das Beziehungsende offenbarte und erläuterte. Es kam, wie es kommen musste: Sie war seither stinksauer nicht nur auf ihren Ex-Freund, sondern auch auf Tom. Ihm war das vollkommen egal, schließlich hatte er erreicht, was er sich gewünscht hatte: Steffen zog nun ebenfalls nach Schleusingen, wo Tom inzwischen heimisch geworden war. Das war einerseits gut für die Arbeit, weil sein Kollege nun stets greifbar war, wenn es mal schnell gehen musste. Andererseits sah Tom in Steffens Wohnung eine willkommene Zufluchtsstätte, wenn er nicht nach Hause wollte.

Das passierte immer häufiger. Inzwischen hatte Sabrina ihr Studium in Leipzig erfolgreich abgeschlossen und war zu Hause. Und: Sie war schwanger. Tom freute sich auf das Kind und verband damit die Hoffnung, dass er und Sabrina dadurch wieder enger zusammengeschweißt werden. Vielleicht würden sogar die dunklen Gedanken verschwinden, die ihn regelmäßig heimsuchten. Denn viel zu oft schaute er auf Steffens hübschen Hintern.

Mit Chris kam am 7. Oktober 1993 ein süßer, kerngesunder Junge auf die Welt. Tom wehrte sich, weil er den Geburtsvorgang wenig appetitlich fand, doch schließlich gab er nach, um Sabrina nicht zu verletzen. Als Chris zur Welt kam, standen Tom vor Rührung die Tränen in den Augen. Er war unglaublich stolz auf das Baby, machte sofort die ersten Fotos und informierte Familie, Freunde und Kollegen. Jeden Tag besuchte er seinen Sohn im Krankenhaus. Sabrina sah zu dieser Zeit in seinen Augen nicht mehr attraktiv aus, weil die Schwangerschaft ihre Spuren hinterlassen hatte. Das störte ihn sehr und zugleich verstand er es nicht. Tom beneidete Männer, die ihre Frauen liebten, auch und gerade, wenn sie wegen einer Schwangerschaft einige Pfunde zugelegt hatten. Er hingegen fand das eher abstoßend.

Die ersten Wochen zu dritt waren stressig und schön zugleich. Sabrina kümmerte sich um das Kind, Tom übernahm die Rolle des Hausmannes. Sabrina war fürs Stillen und die Streicheleinheiten zuständig, er hatte den Haushalt zu schmeißen. Bei ihr drehte sich alles nur um Chris, für Tom war keine Zeit. Nach drei Wochen Urlaub ging er wieder arbeiten und war heilfroh, sich in seinen Job stürzen zu können. Dort war er sein eigener Herr, als Lokalchef konnte *er* sagen, wo es lang geht, niemand hatte ihn unter Kontrolle, er war frei. Außerdem sah er Steffen wieder.

Im November 1994 erhielt Sabrina das überraschende Angebot eines privaten Radiosenders, als Regionalkorrespondentin für Südthüringen zu arbeiten. Tom beneidete sie. Immerhin hatte er kurz vor der Wende ein Volontariat beim DDR-Fernsehen in Berlin-Adlershof absolviert und trug seither den Wunsch im Herzen, irgendwann bei den elektronischen Medien zu arbeiten. Nun durfte sie beim Radio anfangen, und er blieb bei seiner kleinen Lokalzeitung. Dennoch unterstützte er sie nach Kräften, nicht zuletzt wegen des Verdienstes. Denn mit beiden Gehältern zusammen ließ es sich sehr gut leben.

Anfangs arbeitete sie von zu Hause aus, doch mit dem kleinen Chris an ihrer Seite war es auf Dauer unmöglich, den Anforderungen ihres Senders zu genügen, der nun auch ein Studio eröffnen wollte. Und so brachten sie Chris schweren Herzens in eine Kinderkrippe. Der Kleine war gerade mal ein Jahr alt, und es brach ihnen jedes Mal das Herz, wenn sie ihn morgens in der Krippe abgaben. Aber was sollten sie tun? Tom trug Verantwortung für die Zeitung, Sabrina wollte beim Radio durchstarten. Allerdings wurden sie gebremst, denn in der ersten Zeit war Chris häufig krank und wurde von heftigen Ohrenschmerzen geplagt. Meistens übernahm Sabrina die Kinderbetreuung, Tom dagegen stürzte sich weiter in seine Arbeit. In seinem Job ging er auf, dort erfuhr er die Bestätigung, die er zu Hause nicht bekam.

Und dann war da noch Steffen. Er sah gut aus, hatte schöne Augen, war trainiert und schlank. Öfter als Tom lieb war schaute er auf den Körper und besonders gerne auf seinen runden Hintern. Erneut entstanden quälende Fragen: Was ist mit mir los? Ich schaue einem Mann auf den Arsch, obwohl ich als Familienvater eine Frau zu Hause habe? Ich bin lieber auf Arbeit als zu Hause? Tom verstand sich selbst nicht. Zugleich wuchs in ihm der Wunsch, diesen Körper einmal für sich zu haben und mit ihm experimentieren zu können. Tom sehnte sich nach einem sexuellen Abenteuer mit Steffen und konnte nichts dagegen tun. Doch wie sollte er das anstellen? Was wäre, wenn Steffen ihn vehement abwies und er wie ein begossener Pudel dastand? Würde Steffen etwa glauben, dass er schwul sei? Wie würde sich das auf ihre Freundschaft, ihre gemeinsame Arbeit auswirken? Was, wenn Steffen die Sache sogar an die große Glocke hinge? Hundertfach schossen solche Gedanken durch Toms Kopf. Antworten fand er nicht. Aber er wusste, dass er es probieren musste.

Eines Abends waren beide Männer mal wieder bei Steffen zu Hause. Sie tranken ein paar Bier und redeten. Tom nahm schließlich seinen ganzen Mut zusammen und sagte ihm, dass er gern mal Sex mit einem Mann ausprobieren wolle und ob er sich das vorstellen könne. Er müsse gar nichts tun, solle sich nur gehen und verwöhnen lassen. Steffen zögerte eine Weile und sagte: „Ja, aber nicht heute, sondern ein anderes Mal." Tom war glücklich und enttäuscht zugleich. Glücklich, weil Steffen nicht sofort abgeblockt hatte. Enttäuscht, weil ihm an diesem Abend der Erfolg ausgeblieben war. Außerdem musste er nun irgendwann ein zweites Mal Anlauf nehmen. Schon fürs erste Mal hatte er allen Mut aufgebracht, den er in den letzten Winkeln seiner Zellen auftreiben konnte.

Wenige Tage später aber sollte es klappen. Wieder sprachen sie in Steffens Wohnung über die Arbeit und die Leute in der Stadt, tranken einige Bier und wurden immer fröhlicher. In einer kurzen Pause des Schweigens setzte Tom an. So, als wäre es ihm gar nicht wahnsinnig wichtig, fragte er, wie es denn heute mit einer „Schmusestunde" aussähe. So hatte er beim ersten Versuch das sexuelle Abenteuer genannt, das er gerne erleben wollte.

Schmusestunde klang nicht nach Sex, sondern nach friedlichem Beisammensein in angenehmer Atmosphäre. Schmusestunde war nun das Wort, das alles beschrieb und keiner weiteren Erklärung bedurfte. Steffen willigte ein. Tom sprang unter die Dusche, Steffen suchte derweil eine CD mit Kuschelmusik aus, schob sie in den Player und stellte auf dem Nachtschrank sogar eine brennende Kerze auf. Dachte und fühlte Steffen vielleicht sogar wie er? Hatte er sich umsonst so lange den Kopf zerbrochen? Tom legte sich nackt ins Bett und konnte es kaum erwarten, bis Steffen endlich mit seiner Dusche fertig war. Tom war 29, Steffen 25 Jahre alt.

Endlich sollte er bekommen, wovon er seit Monaten träumte. Was dann im Bett passierte, nennt man „Blümchensex", wie er später erfahren sollte. Steffen tat wie abgesprochen gar nichts. Er lag wie ein Brett im Bett, lauschte der leisen Musik und hielt die Augen geschlossen. Tom nahm Steffens Penis in die leicht zitternde Hand. Es war ein komisches Gefühl, erstmals berührte er ein fremdes Glied. Noch war es weich, daher strich Tom mit einem Finger über den Schaft und spürte, wie er immer härter und auch größer wurde. Aufmerksam beobachtete sich Tom selbst und musste nicht zwischen seine Beine schauen, um zu wissen, dass es ihn erregte. Jetzt wollte er aber nicht schon wieder grübeln, sondern genoss den Augenblick. Dieser hübsche Mann, die romantische Musik, das Kerzenlicht... Und dann kam der große Augenblick: Tom nahm all seinen Mut zusammen und schob sich Steffens Penis langsam in den Mund. Es fühlte sich ganz anders an als er erwartet hatte. Alles war warm und weich. Er begann ein wenig zu saugen, so – wie er es sich von seiner Frau gerne gewünscht hätte. Der Penis reagierte sofort. Wenn Toms Zunge das Eichelbändchen berührte, zuckte der Schwanz und wurde ein Stück härter. Tom begann das Tempo zu erhöhen. Zusätzlich begann er zu reiben. Es dauerte nur kurze Augenblicke, da bäumte sich Steffens Glied förmlich auf. Tom spürte, wie sich das Sperma in seinem Mund ergoss, zog den Schwanz raus, rieb aber weiter, damit Steffen fertigwerden konnte. Er hatte dabei leicht gestöhnt, also schien es ihm gefallen zu haben, dachte Tom. Er selbst verzichtete auf den eigenen Höhepunkt. Zwar hätte er sich gewünscht, dass Steffen auch bei ihm Hand anlegt, doch traute er sich nicht, danach zu fragen. Er wollte nichts zerstören und ihn zu nichts drängen, um das phantastische Gefühl ungeschminkt mit nach Hause zu nehmen. Dort konnte er es ins Gedächtnis holen, so oft er wollte.

Weitere drei Mal sollte es diese Schmusestunde geben. Stets lief sie nach demselben Schema ab. Nur beim letzten Mal nahm Steffen von sich aus den harten Penis von Tom in die Hand. Beide waren überrascht, denn kaum hatte Steffen begonnen, sorgte Tom dafür, dass das Bettlaken gewechselt werden musste. Sie nahmen es mit Humor, und Tom fühlte sich rundum befriedigt. Dann aber war endgültig Schluss. Steffen wollte einfach nicht mehr. Es sei zwar nett gewesen, aber er fühle sich eben doch zu Frauen hingezogen, ließ er Tom wissen. Steffen hakte diese Schmusestunden für sich als nettes Erlebnis auf dem Weg zur sexuellen Selbstfindung ab.

Tom hingegen war traurig. Mehr noch. Er litt geradezu darunter, nun auf diese wundervolle Zeit zu zweit verzichten zu müssen. Ihm blieb nur die Erinnerung. Wenn er abends neben Sabrina im Bett lag, spielte er an sich selbst herum und dachte dabei an Steffen. Manchmal passierte das sogar, wenn er mit Sabrina schlief. Zwar erschrak er darüber, aber irgendwann gewöhnte er sich daran. Schließlich war er jung und wollte seine sexuelle Befriedigung haben. Und wenn sie so glückte, war es gut. Besser als gar nicht.

5. Ehekrach

Das Leben plätscherte dahin. Tom hatte seine alte Leidenschaft wiederentdeckt und spielte Fußball. Er stand in der Blüte seines Lebens, er war topfit, hatte einen schlanken, sportlichen Körper. Als Lokalreporter und Fußballer hatte er sich einige Lorbeeren erworben. Wenn er durch seine Kleinstadt lief, wurde er ständig gegrüßt. Mit Sabrina bewohnte er eine moderne Drei-Raum-Wohnung, der kleine Chris war inzwischen aus dem Gröbsten heraus. Nach außen hin sah alles perfekt aus. Doch in Wahrheit war Tom unglücklich. Zunehmend spürte er, dass der Sportverein und seine Zeitungsredaktion für ihn zu Zufluchtsorten geworden waren. Unter Freunden und Kollegen konnte er sich geben wie er war, fühlte sich anerkannt und bekam die Bestätigung, die ihm zu Hause verwehrt blieb.

Ungewollt baute ihm sein kleiner Sohn eine Brücke. Obwohl Chris inzwischen gesundheitlich stabil geworden war, rieten die Ärzte zu einer Mutter-Kind-Kur, um besonders das Problem der Ohrenentzündungen richtig in den Griff zu bekommen. Sechs Wochen lang sollten Sabrina und Chris an die Ostsee fahren, weit weg vom Thüringer Wald und weit weg von Tom. Den Tag der Abreise konnte er kaum erwarten. Für ihn waren diese sechs Wochen ein Segen. Er nutzte die Zeit aus, um ausgiebig Partys zu feiern. Manchmal hatte er das Gefühl, seine besten Jugendjahre nachholen zu wollen, die er damals bei der Armee noch zu DDR-Zeiten verschenken musste.

An einem der Wochenenden in dieser Zeit fuhr er mit Steffen nach Tschechien. Sie hatten gehört, dass es dort billige Nutten geben soll. Ohne Scham, aber voller Lust setzten sie sich ins Auto und machten sich auf den Weg. Tom freute sich, mit Steffen ein paar gemeinsame Stunden verbringen zu können. Vielleicht war ja zusätzlich doch noch eine Schmusestunde drin? Tatsächlich standen sich gleich hinter der deutsch-tschechischen Grenze die jungen Prostituierten die Füße platt. Es war Oktober, und es war kalt. Beide Männer hatten eine Pension gebucht und klapperten in der Umgebung ein paar Bordelle ab. Mädchen vom Straßenstrich wollten sie nicht. Am ersten Abend gingen sie leer aus, weil sie noch unsicher und mit nichts zufrieden waren. Nachts lagen sie nebeneinander im Bett, beide auf dem Rücken. Das Licht hatten sie bereits ausgeschaltet. Wie zufällig wanderte Toms Hand zu Steffen, doch der drehte sich um und zeigte Tom den Rücken. Es bedurfte keiner Worte, die Botschaft war unmissverständlich: Eine weitere Schmusestunde wird es nicht geben. Enttäuscht und unbefriedigt schlief Tom irgendwann ein.

Am nächsten Tag fuhren beide mit dem Auto lange Strecken und nahmen nach ewiger Suche dann doch ein Mädchen vom Straßenrand mit. Sie ließen es ins Auto einsteigen und fuhren in die Pension. Bis auf ein paar wenige Brocken verstand die 20-Jährige kein Deutsch. Im Pensionszimmer ließen sie sie erst einmal ausgiebig duschen. Dann ging es los. Tom und Steffen legten sich nebeneinander und genossen es, wie sie ihre Schwänze mit dem Mund auf Touren brachte. Anschließend streiften sie sich jeder ein Kondom über und benutzten sie nacheinander. Das Mädchen hatte sichtbar keinen Spaß daran und versuchte sich erst gar nicht als Schauspielerin. Sie lag gelangweilt auf dem Rücken, machte die Beine breit und wartete darauf, dass die beiden Jungs fertig wurden. Sie wechselten sich ab, jeder kam zwei Mal. Der andere schaute dabei zu. Nach zwei Stunden verließ das Mädchen mit 100 Mark in der Tasche das Pensionszimmer. Draußen wartete bereits ihr Freund im Auto, um sie abzuholen.

Tom fühlte sich mies.

Wieder zurück zu Hause, erlebte er durchzechte Nächte bis früh um vier, manchmal hatte er gar nicht geschlafen und musste sich auf die Arbeit schleppen. Selten blieb er allein, er hatte immer zu tun und ging mit Kumpels weg oder war bei Freunden zu Gast. Erneut hatte er das Gefühl, seine verlorene Jugendzeit nachholen zu müssen. Vielleicht waren es aber auch Tage der Orientierung. Jedenfalls gingen die sechs Wochen ohne Sabrina viel zu schnell vorbei.

Sie spürte das und hielt Tom vor, sie an der Ostsee nicht besucht zu haben. Andere Männer hätten ihre Frauen und Kinder vom Kurheim an der Ostsee mit dem Auto abgeholt, egal wie weit es sei. Tom aber hatte darauf überhaupt keine Lust, rief in diesen sechs Wochen auch nur selten an, und wenn, dann nur aus einem Pflichtgefühl heraus, nicht aber, weil ihn die Sehnsucht danach drängte. Zunehmend wurde ihm bewusst, dass er seine Ehefrau nicht mehr liebte.

Dann bekam er ein überraschendes Angebot. Der Mitarbeiter eines Radiosenders sprach ihn an und fragte, ob er nicht dort anfangen wolle – als fest-freier Mitarbeiter auf Honorarbasis. Tom war einerseits fasziniert von der Aussicht, beim Radio arbeiten zu dürfen, schließlich konnte sich nun sein Wunschtraum erfüllen. Andererseits befürchtete er Gehaltseinbußen. Bisher war er festangestellt, was er aufs Konto bekam, gehörte ihm und seiner Familie. Egal wie viel er arbeitete, die Summe war immer dieselbe. Würde es ihm gelingen, wenigstens genauso viel zu verdienen wie bisher als Zeitungsredakteur? Er schwankte hin und her, kündigte bei der Zeitung, sagte dem Radio zu, zog seine Kündigung zurück, sagte dem Radio ab, erneuerte seine Kündigung und sagte schließlich dem Radio zu. Es sollte eine seiner besten Lebensentscheidungen werden. Schon im ersten Monat verdiente er dreimal so viel wie früher bei der Zeitung. Erneut brannte er für seinen Job und stürzte sich in die Arbeit. Schnell wurde er erfolgreich, erntete von Kollegen und Hörern Anerkennung und genoss das finanziell sorgenfreie Leben.

Nur seine Ehe bröckelte weiter vor sich hin. Eines Tages offenbarte Sabrina ihrem Mann, sie sei erneut schwanger. Tom vermutete, sie habe absichtlich die Pille weggelassen. Wollte sie ihn mit einem zweiten Kind stärker an sich binden? Oder war er gar nicht der Vater? Viel Sex hatten sie beide wahrlich nicht mehr. Eines wusste Tom: Er wollte kein zweites Kind und sagte es Sabrina offen ins Gesicht. Er habe keine Lust, den ganzen Stress noch einmal durchzumachen, den ein Baby nun einmal mit sich bringe. Auf dem Höhepunkt des Streits brachte er eine Abtreibung ins Gespräch. Sabrina sah ihn mit großen Augen an und ließ Abscheu aufblitzen. Unter Tränen weigerte sie sich, auch nur an Abtreibung zu denken. Das Drama zog sich über mehrere Wochen hin, in denen beide zwar weitgehend funktionierten, aber kaum miteinander sprachen. Die Entscheidung lag letztlich bei ihr, denn es war ihr Körper. Sabrina entschied sich für das Kind und damit auch für eine Pause in ihrem Job.

Die Schwangerschaft wurde für sie zur Tortur. Sie sehnte sich nach Liebe und Zuspruch. Tom war dazu nicht fähig. Er schaffte es nicht, über seinen Schatten zu springen und wenigstens Zuneigung vorzugaukeln. Schließlich aber fügte er sich in sein Schicksal. Auch willigte er zum zweiten Mal ein, bei der Geburt dabei zu sein. Sabrina verlangte das einfach. Im Suhler Klinikum brachte sie Jonas im Oktober 1997 in einem Wasserbecken zur Welt. Tom fand die Geburt fast schon ekelerregend. Auch später, wenn er sich das Video ansah, konnte er daran nichts Schönes oder Anmutiges finden. Lediglich der Moment, als Jonas mit seinem ersten Schrei das Leben begrüßte, ließ seine Augen immer wieder feucht werden.

Das Baby machte es seinen Eltern nicht leicht. Es schrie und weinte oft. In mancher Nacht war an Schlaf nicht zu denken. Das zehrte an den Nerven, zumal Tom morgens wieder zur Arbeit musste. Es war genau das eingetreten, was er verhindern wollte, aber nicht konnte. Später gestand sich Tom trotzdem ein, dass Sabrina richtig gehandelt hatte. Jonas war sein Sohn! Zwar fand Tom mit Sabrina und den beiden Kindern nie zu einem halbwegs harmonischen Familienleben, aber die Kinder wollte er dann doch nicht missen.

Er liebte seine Jungs.

Ein Jahr nach Jonas' Geburt flog die junge Familie in den Urlaub nach Fuerteventura. Es waren zwei angenehme Wochen im September. Auf der Insel war es warm und windig. Der Urlaub bot genügend Zeit, um über die gemeinsame Zukunft der Familie nachzudenken. Tom hatte sich mit der Situation abgefunden und versuchte, böse Gedanken an hübsche Männerkörper einfach zu ignorieren. Vielmehr konzentrierte er sich auf seine Arbeit und eben auf die Familie. Das Verhältnis zu Sabrina hatte sich etwas gebessert. Zumindest stritten sie sich nicht mehr so oft und meisterten so den Alltag. Außerdem hatten sie ein Ehepaar kennengelernt, das ebenfalls zwei Söhne hatte, und verbrachten gemeinsame Spieleabende. Die sorgten für ein wenig Farbe im sonstigen Alltagsgrau. Bei einem Gespräch auf Fuerteventura beschlossen Tom und Sabrina, in eine größere Wohnung umziehen zu wollen. Für beide Kinder war die Drei-Raum-Bude zu klein geworden, also sollte es mindestens eine Vier-Raum-Wohnung werden. In Schleusingen wollten sie auf jeden Fall bleiben.

Aus der Wohnung wurde innerhalb von zehn Monaten ein Einfamilienhaus. Auf die Idee hatte sie ein Makler gebracht, bei dem sie wegen des Wohnungsumzugs vorgesprochen hatten. Eine Bank machte ein verlockendes Finanzierungsangebot, der Staat lieferte die Eigenheimzulage. Noch im selben Jahr war Spatenstich, schon am 1. Juli 1999 zog die junge Familie auf neu erschlossenem Bauland ins eigene Haus. Tom war stolz und stürzte sich in die häusliche Arbeit. Vor allem legte er den Garten an und baute über Monate hinweg an den Außenanlagen. Zum Glück verdienten beide gut, so dass die immensen Ausgaben zu schultern waren.

Die Zeit um die Jahrtausendwende war voller Überraschungen und Neuigkeiten. Den Jahrtausendwechsel, das Millennium, feierte Tom mit Familie und Eltern im neuen Haus. Er erlebte eine Phase voller Zufriedenheit und Stolz auf das Erreichte, aber das vollendete Glück hatte er noch nicht gefunden. Er spürte das. Nach wie vor träumte er in ruhigen Minuten oder nachts vor dem Einschlafen von den Schmusestunden mit Steffen. Was würde er geben, um so etwas mal wieder erleben zu dürfen! Tom sehnte sich nach sexueller Erfüllung, die ihm in seiner Ehe verwehrt blieb. Zwar schliefen sie hin und wieder miteinander, aber meist in derselben Position und oft sehr kurz. Für Experimente oder neue Spielarten war Sabrina nicht zu haben. Oft befriedigte sich Tom selbst und tat das manchmal sogar, während seine Frau neben ihm schlief. Er hatte ein schlechtes Gewissen dabei, zumal er oft an die sexuelle Aufregung dachte, die er mit Steffen erlebt hatte. Häufig lief in seinem Kopf der Filme ab, als er Steffens Penis im Mund hatte und spürte, wie er plötzlich abspritzte.

Inzwischen hatte das Internet Einzug gehalten und mit ihm die ersten Pornobilder. Manchmal erschrak sich Tom vor sich selbst, wenn er sich wie benebelt und mit zitternden Händen schwule Fotos anschaute. Er beruhigte sich damit, dass dieses komische Interesse bestimmt wieder vorbeigehen werde. Dann aber entdeckte er sogar schwule Videos und war fasziniert von den vielen Praktiken, die ihm da offeriert wurden. Manchmal nutzte er jede freie Minute aus, um sich schnell einen Clip anzusehen und sich dabei zu befriedigen. Längst war er gefangen, egal, was er sich einredete.

Von Porno- zu Chat-Seiten ist es im Netz ein kurzer Weg. Er fühlte sich wie im Rausch, als er es eines Tages tat. Wie von selbst landete er auf einer der zahllosen Chat-Seiten, wo sich schwule Männer unterhielten. Kurzzeitig blitzte in seinem Gehirn der Gedanke auf, warum er eigentlich keine Frau suchte, aber dafür hatte er jetzt keine Zeit. Er war äußerst angespannt, denn was er hier erlebte, kannte er bisher nicht. Er fand gleichgesinnte Männer, denen er sich öffnen und als ebenbürtig zu erkennen geben konnte. Kein Verstecken, offenes Reden über Sexualität, über Gefühle, Austauschen von Erfahrungen. Alles das war möglich. Seine Schmusestunden mit Steffen hatte er nie vergessen und nun waren sie wieder besonders präsent. Konnte er so etwas mal wieder erleben? Und vielleicht sogar ein bisschen mehr und intensiver?

In den nächsten Tagen musste Tom oft an das Chatportal denken. Selbst auf Arbeit, wenn er alleine war, loggte er sich ein. Inzwischen hatte er zwei Männer kennengelernt, von denen sich einer kürzlich geoutet hatte. Der andere lebte schon immer offen homosexuell. Beide erzählten von ihren sexuellen Erfahrungen, sie berichteten von der schwulen Szene, von Intrigen, Fremdgehen, Sex aus Geilheit, von speziellen Clubs, schwulen Saunen und Darkrooms sowie manchem Fetisch wie Lack und Leder. Tom fühlte sich überfordert. All das wollte er nicht. Er wünschte sich einfach eine Romanze mit einem hübschen Mann, mit dem er ein bisschen herumexperimentieren und neue Dinge ausprobieren konnte. Sozusagen Schmusestunden Deluxe.

Deshalb gab er eine Partnerschaftsanzeige auf. Das Verbotene erschien ihm so wahnsinnig verlockend. Dafür schloss er sich im Arbeitszimmer ein und bedeutete seiner Frau, er müsse für einen anstehenden Termin recherchieren und brauche seine Ruhe. Zur eigenen Beruhigung sagte er sich, dass es ja nur ein Experiment sei und er sich ganz gewiss nicht mit einem fremden Mann treffen werde. Mit zittrigen Fingern schrieb er einen Text, in dem er seine Gefühle fürs gleiche Geschlecht formulierte. Seine Suche beschränkte er auf Südthüringen und achtete peinlich darauf, anonym zu bleiben und nur das Nötigste wie Alter, Größe, Gewicht und Wohnort von sich preiszugeben. Als er die Anzeige online stellte, rechnete er nicht mit einer Antwort. Schließlich gab es in seiner beschaulichen Region keine schwule Szene. Das beruhigte ihn. Allerdings hatte er nicht bedacht, dass das Chatportal automatisch eine E-Mail verschickte, wenn sich ein Interessent meldete. Und so nahm das Unheil seinen Lauf.

Zwei Abende saß Sabrina am Rechner, als eine Mail eintraf. Tom war im Wohnzimmer und bekam das nicht mit. Plötzlich rief Sabrina nach ihm und zeigte auf den Bildschirm. Geschockt, wütend und mit Tränen in den Augen rannte sie aus dem Arbeitszimmer im Keller hoch in die Küche. Tom versuchte zu glätten, was nicht zu glätten war. Mit Engelszungen redete er auf sie ein. Sie solle sich keine Gedanken machen, er sei keineswegs schwul, rein zufällig sei er auf diese Seite geraten und wollte einfach nur mal testen, wie das funktioniere. Schließlich sei das Internet für alle Neuland. Diese Partnerschaftsanzeige habe er natürlich sofort gelöscht.

Sabrina glaubte ihm kein Wort. Sie sprach von zerstörtem Vertrauen und tiefer Enttäuschung. Als er sie beruhigen und dabei anfassen wollte, wies sie ihn barsch von sich. „Fass mich nicht an!", rief sie unter Tränen. Erst nach einigen Tagen bekamen beide wieder etwas Normalität in ihre Beziehung. Zumindest versuchten sie, für ihre Kinder die liebevollen und sorgsamen Eltern zu sein, die sie sein wollten. Dieser Vorfall aber blieb für immer haften. Wenn sie mal Sex hatten, was selten genug vorkam, wenn es im Fernsehen um Schwule ging, wenn sich von ihren Bekannten oder Kollegen jemand als homosexuell outete – jedes Mal bedurfte es keiner Worte und trotzdem wussten beide, was der jeweils andere dachte. Wenn Sabrina dann doch mal das Thema zur Sprache brachte, spielte Tom dieselbe Leier: keine Angst, alles in Ordnung, alles halb so schlimm...

Neue Nahrung für ihr Misstrauen erhielt Sabrina aus ihrem Heimatort nur wenige Kilometer entfernt. Dort kursierte das Gerücht, Tom sei schwul. Woher das kam, wusste er nicht. Sabrinas Mutter hatte das Gerücht aufgeschnappt und erzählte es ihrer Tochter. Schließlich sei an jedem Gerücht etwas Wahres dran. Mit Tom redete sie darüber nicht. Die Schwiegermutter war nicht der Typ, der gerne unangenehme Sachen ansprach. Was nicht sein durfte, wurde nicht thematisiert.

Tom und Sabrina entfernten sich Schritt für Schritt weiter voneinander. Er spielte Fußball, fuhr zum Training und zu Punktspielen. Auch Stunden danach ließ er sich zu Hause nicht blicken, sondern genoss das Zusammensein mit seinen Kumpels. Dort war ihm längst ein Mannschaftskamerad aufgefallen, den er gerne unter der Dusche beobachtete. Er war nicht besonders groß, aber hatte ein hübsches Gesicht, hellbraune Haut, einen sportlich-knackigen Körper und einen geradezu wundervollen, runden und festen Hintern. Oft musste Tom hinschauen, wenn sich die Fußballer nach einem Spiel oder dem Training unter die Duschen stellten. Mehr war ihm natürlich nicht gestattet. Auch achtete er peinlichst darauf, dass er beim Spannen nicht erwischt wurde. Diesen Kumpel hatte Tom oft vor Augen, wenn er sich abends im Bett mal wieder selber befriedigte.

Seine Distanz zu Sabrina vergrößerte sich beständig und gipfelte darin, dass Tom einen geplanten Sommerurlaub 2002 in Ägypten absagte. Er begründete das mit der Arbeit. Sabrina wusste genau, dass es eine Ausrede war, diskutierte aber nicht mit ihm. Er schlug vor, dass an seiner Stelle ihre Mutter mitfliegen sollte. Sabrina willigte ein, packte die Koffer für sich und die beiden Kinder und flog mit Mutter in den Süden.

Für Tom öffnete sich erneut ein Tor zur Freiheit.

6. Widerling

Kaum hatte er seine Familie in den Urlaub verabschiedet, verabredete er sich mit zwei Kumpels in der Kneipe. Sie tranken und quatschten, bei der Verabschiedung war Tom angeheitert und lief beschwingt nach Hause. Inzwischen war es längst dunkel geworden. Zu Hause setzte er sich an den Rechner, um sich im Schwulen-Chat zu vergnügen. Zu später Stunde war nicht mehr viel los. Doch dann meldete sich einer, der sogar in der Gegend wohnte und sich in wenigen Minuten mit ihm treffen wollte. Tom klopfte das Herz bis zum Hals, er war in hohem Maße angespannt, war hin- und hergerissen und sagte dann doch zu. Vermutlich hatte der Alkohol die letzten Hemmungen beseitigt. Er fühlte sich unsicher, aber er wollte und brauchte diese Erfahrung, um zu wissen, ob er sich wirklich zu Männern hingezogen fühlte oder ob es vielleicht doch nur eine vorübergehende Erscheinung war. Er wollte Gewissheit und wünschte sich inständig ein heterosexuelles Leben, das doch die ganze Welt von ihm erwartete. Vielleicht würde ihm ein Sextreffen ein für alle Mal die Lust an Männern verhageln.

Er fuhr mit dem Auto zum Treffpunkt auf dem Marktplatz, der Typ wartete bereits auf ihn. Er war ganz und gar nicht nach Toms Geschmack. Die Haare dünn, das Gesicht im Solarium gebräunt und mit einem Blick, der Gleichgültigkeit verriet. Sein Mantel konnte den fülligen Leib nur schlecht kaschieren. Ziemlich emotionslos gab er Tom die Hand. Tom spürte sofort: Für diesen Mann waren solche Treffen Gewohnheit, er war für ihn bestenfalls eine Nummer. Am liebsten wäre er sofort alleine wieder nach Hause gefahren, aber er konnte nicht. Jetzt hatte er es so weit gebracht, nun musste er es durchziehen. Außerdem war der Mann doch wegen ihm gekommen. Mit ihren Autos fuhren sie zu Tom nach Hause.

Dann ging es sehr schnell. Er, der Geübte, befingerte Tom und sich selbst. Tom, der Anfänger, lag stocksteif auf dem Bett und konnte diesen schmierigen Typen nicht anfassen. Er war angeekelt von dessen Haut, dessen Geruch, ja sogar von dessen Stimme. Tom hoffte, es möge schnell vorbei gehen. Kaum war sein Sexpartner bereit, zog er sich ein Kondom über, wies Tom an, sich hinzuhocken und drang in ihn ein. Tom spürte einen ungekannten Schmerz, da sein Sexpartner keine Rücksicht nahm. Dabei wusste er, dass Tom ein Neuling war, denn das hatte er ihm im Chat geschrieben. Nun winselte er lautlos vor sich hin, denn die Schmerzen ließen nur langsam nach. Tiefer und tiefer drang der Penis in ihn ein. Doch Tom hielt durch. Er wollte kein Weichei sein und zu seinem Wort stehen. Zum Glück ging es sehr schnell. Dass sich bei Tom überhaupt nichts regte, interessierte seinen Sexpartner nicht. Hauptsache, er hatte seinen Spaß. Schließlich zog er sein Glied wieder raus, streifte das gebrauchte Kondom ab und legte es auf den Nachtschrank. Seine Abschiedsworte drangen zu Tom kaum noch vor: „Normalerweise treibe ich es mit viel jüngeren Typen, aber bei dir habe ich mal eine Ausnahme gemacht."

Dankbarkeit empfand Tom keineswegs, vielmehr tiefe Abscheu. Spaß hatte ihm dieser erste passive Analverkehr überhaupt nicht gebracht. Im Gegenteil, er fühlte sich missbraucht. Kaum war der arrogante Typ weg, stürzte sich Tom unter die Dusche und ließ minutenlang das warme Wasser über den Körper laufen. Er wollte diese eklige Melange aus Schweiß und Parfüm von diesem Typen loswerden und sagte sich: nie wieder!

Hatte er mit diesem sexuellen Abenteuer seine Lust auf Männer verloren? Er wusste es nicht. Aber wenigstens eine Erkenntnis hatte er gewonnen: Passiver Analverkehr war nichts für ihn. Er hatte dabei außer Schmerzen nichts gefühlt, Lust gleich gar nicht. Mit Ekel erinnerte sich an das Geschehen von letzter Nacht, den der dicke, schmierige Typ ausgelöst hatte. Tom fühlte sich benutzt, und das passte so ganz und gar nicht in seine Vorstellung vom Leben. Schließlich empfand er sich stets als Macher, als Lenker, als jener, der das Zepter schwingt und keinesfalls als jemand, der sich kommandieren oder gar benutzen lässt. Sein erster Analverkehr erteilte ihm eine wichtige Lektion: „Lasse nichts mit dir machen, was du nicht wirklich willst." Vielleicht musste er es beim Analverkehr mal als aktiver Part versuchen? Wie würde sich das anfühlen im Vergleich zu einer Scheide? Und war das nicht eklig und absolut unnatürlich? Was, wenn es schmutzig wurde?

In Toms Kopf spielten die Gedanken verrückt. Er dachte an seine Frau und seine beiden Jungs. Die Schmusestunden damals mit Steffen hatte er nicht als Fremdgehen betrachtet, da er sich auf dem Weg der Selbstfindung befand. Nun war das anders. Er hatte mit einer anderen Frau geschlafen, und mit Erschrecken wurde ihm bewusst, dass er gestern Abend fremdgegangen war – eine Sache, die er zutiefst verabscheute und die in seiner Ehe mit Sabrina niemals eine Rolle spielte. Wenn sich Tom für eine Partnerin entschieden hatte, dann war er absolut treu und verschwendete noch nicht einmal einen Gedanken ans Fremdgehen. Er beruhigte sich damit, dass er ja nicht mit einer anderen Frau geschlafen hatte, sondern sich Klarheit über seine Neigungen verschaffen musste. Wenn er darüber nachdachte, sah er schlanke, sportliche Körper, in ihm stieg der Wunsch auf, wieder einen Penis in den Mund zu nehmen, so wie damals bei Steffen, und er wollte sich mit dem Mund befriedigen lassen. Sabrina hatte das selten gemacht, das letzte Mal lag ewige Zeiten zurück.

7. Basti

Zwei Tage später saß Tom erneut vor dem Rechner. Der Schwulen-Chat hatte eine geradezu magische Wirkung und zog ihn buchstäblich an. Eine ganze Zeit schon war nichts los. Im Chatraum liefen nur alberne Diskussionen, privat hatte er auch schon lange keine Nachricht mehr bekommen. Und so lud er nebenbei Musik runter oder schaute sich auf Pornoseiten um. Vermutlich würde hier heute nicht mehr viel passieren, obwohl es Samstag war, dachte Tom. Er überlegte, was er heute noch anstellen könnte, als sich plötzlich das Nachrichtenfenster des Chats öffnete. Ein junger Mann hatte ihn angeschrieben: Basti, schlank, sportlich, 23. Tom schaute sich sein Profil an. Der Typ sah wirklich niedlich aus, die beiden Profilbilder gefielen ihm. Er hatte dunkelblonde Haare, grüne Augen und ein verschmitztes Lächeln, das zudem eine gewisse Portion Reife verriet. Was Tom vom Körper sah, gefiel ihm ausgesprochen gut. Der Typ war ganz nach seinem Geschmack.

Tom war elektrisiert. Eine echte Sahneschnitte! Schnell entstand ein intensiver Dialog. Basti schrieb, dass er geoutet sei, in einer offenen Beziehung mit einem deutlich älteren Mann lebe und überhaupt reifere Männer bevorzuge. Ihm gehe es aber nicht nur um Sex, sondern er interessiere sich auch für den Menschen an sich. Tom fühlte, wie sich eine Verbindung zu Basti aufbaute. Da war einer, dem er sein Herz öffnen konnte! Und so schilderte er mit flinken Fingern, dass er auf dem Weg der Selbstfindung sei und ob Basti ihm dabei nicht vielleicht helfen und ein paar Tipps könne. Sie verabredeten sich noch für denselben Abend auf halber Strecke in einem Fastfood-Restaurant, so dass jeder von beiden etwa 30 Kilometer zu fahren hatte. Tom war immer noch aufgeregt und zitterte deshalb sogar ein wenig. Er duschte ausgiebig, nebelte sich mit Parfüm ein und zog seine Lieblingsjeans über. Erneut sollte er ein schwules Date haben! Wie würde es diesmal werden? Schlimmer als vorgestern konnte es nicht werden. Und wenn ihm etwas nicht passte, würde er das auch sagen, beruhigte sich Tom.

Es war ein lauer Sommerabend Ende Juni 2002 bei wolkenlosem Himmel. Beide hatten sich für 20 Uhr verabredet, langsam zog die Dämmerung auf. Basti wartete bereits im Restaurant, er hatte noch eine Kleinigkeit gegessen. Er sah noch hübscher aus als auf den beiden Fotos im Chat, hatte ein wirklich attraktives Gesicht und einen schlanken Körper. Basti stand von seinem Platz auf und begrüßte Tom mit selbstbewusstem Blick und festem Handschlag. Nach kurzem Geplänkel schlug Basti vor, sie könnten doch ein paar Kilometer auf der Hauptstraße fahren, irgendwo werde sich dann schon ein Waldstück finden, wo sie ungestört seien. Tom stimmte zu, fühlte sich dabei wie abwesend, so aufgeregt war er. Schon wieder spürte er seine zittrigen Knie. Basti lief vor ihm aus dem Restaurant und Tom konnte nicht anders, als den wunderschönen festen und runden Hintern zu betrachten, der sich vor ihm beim Laufen bewegte.

Nach wenigen Kilometern bog Basti in seinem Auto rechts auf einen Forstweg ab, Tom fuhr hinterher. Sie parkten ihre Wagen, Basti holte eine Decke aus dem Kofferraum, sie liefen ein paar Meter und fanden eine Lichtung, die einen ungetrübten Blick zum Himmel ermöglichte. Basti breitete die Decke aus. Beide legten sich nebeneinander und setzen ihre Unterhaltung aus dem Chat nahtlos fort.

Basti hatte schon als Teenager gemerkt, dass er nichts mit Frauen anzufangen wusste. Ein besonders enges Verhältnis hatte er zu seiner Mutter, der er sich mit 17 Jahren anvertraute.

Seine Mama war seine beste Freundin, wie er sagte. Sie ermunterte ihn, seine schwulen Phantasien auszuleben, selbst wenn er mal einen Jungen mit nach Hause brachte, der ihr ganz und gar nicht gefiel. Basti studierte Politikwissenschaften und hatte mit 20 Jahren an einem Jugendprojekt in den USA teilgenommen, das Mädchen und Jungen aus mehr als 20 Ländern zusammengeführt hatte. Die jungen Leute hatten in New York City ein Musical geschrieben und aufgeführt. Daher sprach er perfekt Englisch.

Tom war fasziniert und neidisch zugleich. Da war ein junger Mann, 13 Jahre jünger als er, und hatte doch schon so viel erlebt und erreicht! Er war in der Welt herumgekommen, hatte seine geschlechtliche Identität gefunden und konnte sich auf ein liebevolles Zuhause stützen. Er musste sich nicht verstecken. Und er war ein Mensch, der nicht nur wissen wollte, wie alt Tom war und was er in der Hose hatte, sondern der nach Gefühlen fragte, mit denen sich Tom bisher alleine herumschlagen musste. Die wenigen, oft oberflächlichen Dialoge im Schwulen-Chat konnten ein Gespräch von Angesicht zu Angesicht nicht ersetzen. Tom erzählte Basti von seiner tiefen Zerrissenheit. Nach außen hin war er der perfekte Mensch: Mitte dreißig, sportlich schlank, verheiratet mit einer gutaussehenden Frau, zwei gesunde und süße Kinder, toller Job, dicker BMW vor dem neuen Eigenheim, als Person weithin anerkannt. Doch die Essenz allen Lebens blieb ihm bisher verwehrt. Er liebte nicht und fühlte sich ungeliebt. Er suchte nach sexueller Orientierung und hatte wegen des Gefühlschaos keine Kraft, sich mit voller Hingabe seinen Kindern zu widmen, was ihm schwer auf der Seele lastete. Seine Frau war ihm inzwischen egal geworden. Basti hörte zu, stellte Fragen, zeigte Verständnis, gab aber keine Antworten, die musste Tom schon selber finden. Basti appellierte lediglich an sein Gefühl. Nicht mit dem Kopf, sondern mit dem Bauch solle er entscheiden, wie es mit ihm weitergehe. Nur dann würde der Weg der richtige sein. Jedenfalls habe es keinen Sinn, seine Wünsche dauerhaft zu unterdrücken, denn das mache krank.

Eine gefühlte Ewigkeit schaute Tom, den rechten Arm unter den Nacken gelegt, zum Himmel. Wie gerne würde er so glücklich sein wie dieser junge Mann neben ihm! Über Stunden lagen beide nebeneinander auf der Decke, als Basti plötzlich sagte: „Weißt du was, jetzt haben wir glatt vergessen, wozu wir uns getroffen haben." Sie lachten und schritten zur Tat. Beim Ausziehen begannen Toms Knie wieder zu zittern. Basti hatte ihm gesagt, dass er sehr auf Analverkehr stehe und grundsätzlich passiv sei. Also passte es perfekt, denn Tom wollte gerade nach dem Fiasko mit dem Widerling vor zwei Tagen die aktive Rolle ausprobieren. Heute würde er das erste Mal seinen Penis in einen Po stecken. Basti brauchte mit seinem Mund nicht lange, um Toms Schwanz bereit zu machen. Geübt rollte er ein Kondom drüber und drückte Tom eine Tube Gleitgel in die Hand. „Mach nicht zu viel drauf, sonst spüren wir beide nicht viel", sagte er. Er legte sich auf den Rücken, öffnete seine Beine, zog sie ein Stück nach hinten und hob das Becken leicht an. Tom schaute in Bastis Augen. Der griff nach dem Schwanz und schob ihn langsam in sein Loch. Tom beobachtete, wie problemlos und ohne zu zucken er sein mächtiges Glied in sich aufnahm. Vorgestern hatte er in der passiven Rolle große Schmerzen gehabt, Basti hingegen schien das absolut nicht auszumachen, er schaute ihm weiter lustvoll in die Augen. Tom bewegte sein Glied hin und her und richtete sich ein wenig auf, damit sich Basti befriedigen konnte. Der achtete darauf, dass es bei ihm nicht zu schnell ging. Tom hatte noch nie ein Kondom benutzt, daher dauerte es ein wenig länger, obwohl sich sein Schwanz in Bastis Hintern wunderbar anfühlte. Mit einem leichten Stöhnen gab Tom das Signal, dass es nun nicht mehr lange dauerte. Basti rieb sein Glied etwas schneller und als er abspritzte, war es auch bei Tom so weit. Er spürte, wie kräftige Schübe seines Spermas sich im Kondom ergossen. Beide keuchten, schauten sich wie zwei Verliebte in die Augen und küssten sich. „Du warst Klasse!", sagte Basti. „Und glaube mir, du bist schwul".

Wie beseelt fuhr Tom nach Hause, als das Morgenlicht die Nacht vollständig besiegt hatte.

Nun ging ihm Basti nicht mehr aus dem Kopf. Für beide war dieses Treffen mehr als ein Sexdate. Dieser Mann hatte so viel zu sagen und sorgte durch seine aufmerksame und kluge Art dafür, dass sein Gefühlschaos noch größer wurde und er alles hinterfragte, was er bisher getan hatte. Tom wurde zunehmend klar, dass er einen Mann an seiner Seite haben wollte. Er liebte schlanke, sportliche Körper und konnte davon nicht genug bekommen.

Am nächsten Tag trafen sich beide erneut, diesmal bei Tom zu Hause. Sie kochten, aßen, gingen anschließend gemeinsam in die Badewanne und redeten und redeten. Tom begann sich in Basti zu verlieben. Er schaute ihn an, genoss sein hübsches Lächeln und seinen schlanken, unbehaarten Köper. Dazu dieser phantastische, feste und runde Hintern! Auch Basti deutete an, dass Tom schon nach diesen beiden Treffen für ihn mehr geworden sei als eine reine Sexbekanntschaft. Das nährte bei Tom die Hoffnung, dass er mit Basti sogar eine Beziehung eingehen könnte. Er studierte zwar in Erfurt, aber das ließ sich regeln. Vielleicht könnte eine Beziehung mit Basti sogar eine Art Sprungbrett sein, um die große Hürde der Trennung von seiner Frau zu überspringen?

Später lagen beide eng umschlungen auf dem Sofa im Wohnzimmer. Tom hatte bereits eine deutliche Erektion und freute sich schon auf die nächste sexuelle Vereinigung. Zu seinem großen Erstaunen lehnte Basti rigoros ab. Seine Begründung ließ Tom maßlos enttäuscht zurück: „Ich kann nicht in einem Haus Sex mit dir haben, in dem du mit deiner Frau und deinen Kindern lebst", sagte Basti und duldete keinen Widerspruch. Erst später wurde Tom bewusst, wie wichtig dieser Satz für seinen weiteren Weg sein sollte. An diesem Abend aber war er am Boden zerstört und verabschiedete Basti mit großer Traurigkeit.

Wenige Tage danach kam Sabrina mit den Kindern zurück aus Ägypten, die schöne Zeit war für Tom damit vorbei. Schlimmer noch, die Situation wurde für ihn immer unerträglicher. Er wohnte mit einer Frau unter einem Dach, die er nicht liebte und die ihn vermutlich sogar verachtete. Er fühlte sich eingeengt und zugeschnürt. Seine Gefühle und Gedanken lösten in seinem Magen Krämpfe aus. Am schlimmsten war es abends, wenn die Kinder im Bett lagen und die Tagesarbeit erledigt war. Dann kam die Zeit der dunklen Gedanken. Voller Liebe und Trauer dachte er an seine Kinder, wohl wissend, dass er ihnen sehr weh tun würde, wenn er sich outete. Es würde unweigerlich das Ende dieser Familie bedeuten. Auch seine Eltern und seine drei Jahre ältere Schwester Jana wären ganz sicher überrascht. Was würden sie denken? Wie würden die Fußballkumpel, die Arbeitskollegen, die vielen Menschen reagieren, die er durch seine Arbeit beim Radio kannte? Mit 36 Jahren füllten sich erstmals nach vielen Jahren seine Augen mit Tränen. Was sollte er nur tun? Wenn es besonders schlimm wurde, setzte er sich ins Auto, drehte die Musik laut auf und rauschte auf einer einsamen Landstraße ohne Ziel dahin. Manchmal stellte er sich vor, er stünde auf einer hohen Brücke und ließe sich ins erlösende Nichts fallen.

Tom musste raus aus seiner Haut.

8. Outing

Am darauffolgenden Sonntag, im Juli 2002, fasste er sich ein Herz. Tom setzte sich an den Rechner und schrieb Sabrina einen Brief. Er hatte nicht den Mut gefunden, ihr die Wahrheit ins Gesicht zu sagen. Im Brief faselte er von „Findung“ und „Aus-Zeit“ und davon, dass das keinerlei das Ende von Ehe und Familie bedeutete. Dabei war ihm die Wahrheit durchaus bewusst, doch wollte er sie irgendwie verdrängen. Er wollte vielmehr raus aus dem goldenen Käfig. Sabrina bügelte, nebenher lief der Fernseher, als er ihr den Brief hinlegte und dazu sprach: „Ich bitte dich, das mal zu lesen.“

Sie überflog die Zeilen und begann sofort zu weinen. Tom wollte sie beruhigen, doch sie wollte nichts hören. Sie lief nach oben ins Schlafzimmer und warf sich aufs Bett. Sie weinte und schluchzte hemmungslos. Er setzte sich zu ihr, aber sie ließ nicht mit sich reden, war dazu auch nicht in der Lage. Fast zeitgleich ging die Zimmertür von Chris auf. Der Achtjährige stand fragend da, verstand natürlich nicht, warum Mama weinte und Papa so traurig schaute. „Was ist denn los?“, fragte er. „Nichts, alles in Ordnung!“, rief Tom im Affekt. Sabrina schoss sofort zurück: „Nichts ist in Ordnung. Papa verlässt uns.“ Wenigstens schlief Jonas in seinem Zimmer und bekam von diesem Drama nichts mit.

Tom wollte nur noch weg. Hastig packte er ein paar Sachen zusammen, fassungslos beobachtet von seiner Frau, die nicht aufhören konnte zu weinen. Dazu sah er die erstaunten Augen seines Sohnes. Er empfand tiefes Mitleid und eine unglaubliche Trauer. In Gedanken hatte er sein Outing oft durchgespielt, doch die Realität war viel grausamer. Was tat er nur seiner Frau und den beiden Kindern an? Wie sollten sie in Zukunft ohne ihn klarkommen? Antworten fand er in diesem Augenblick nicht, dazu war er nicht in der Lage. Tom fühlte sich hoffnungslos überfordert und versuchte noch einmal, Sabrina und Chris zu beschwichtigen. Der Erfolg blieb freilich aus. Chris hatte sich inzwischen zu seiner Mama aufs Bett gesetzt und begann, sie zu trösten. Dieses Bild sollte Tom nie wieder aus seinem Gedächtnis bekommen. Schließlich schnappte er seine Reisetasche, flüchtete ins Auto und schloss die Tür. Er atmete tief durch und brauste los. Zum Glück war das Suhler Außenstudio seines Radiosenders in der Regel nur morgens bis nachmittags und nur an Wochentagen besetzt. Dort konnte er also hin. Außerdem beherbergte die restaurierte Villa ein komplett eingerichtetes Pensionszimmer mit Dusche, falls Mitarbeiter von außerhalb mal übernachten wollten. Er musste sich also keine Bleibe suchen, sondern hatte zumindest ein Dach überm Kopf und vor allem die notwendige Ruhe zum Abreagieren und Nachdenken.

Tom war hin- und hergerissen. Zum einen war er erleichtert, sich geoutet zu haben. Endlich war es raus! Andererseits plagten ihn heftige Gewissensbisse. Wie würde der fünfjährige Jonas reagieren, wenn er morgen nach dem Aufwachen erfuhr, dass sein Papa verschwunden war? Wie ging es Chris? Wie würde er damit umgehen? Seine Jungs würden ohne Vater aufwachsen müssen. Zumindest ohne einen Vater, der jeden Tag zu Hause war und mit ihnen spielte, der ihnen auf Wochenendausflügen die Welt erklärte, der ihnen den Weg in den Sportverein ebnete und sie dort anfeuerte, der ihnen Kraft und Stärke vorlebte, der ihnen handwerkliche Dinge beibrachte, der sie väterlich tröstete, wenn sie traurig waren. Und Sabrina? Warum nur hatte er sie geheiratet? Er hatte doch schon damals gespürt, dass diese anfängliche Liebe schnell erloschen war! Warum hatte er nicht den Mut gefunden, sich von ihr zu lösen, bevor es zu spät war und sie sogar Kinder in die Welt setzten? Er war an allem schuld, er hatte die Familie zerstört, nur weil er gerne Schwänze lutschte und Ärsche vögelte!

Tom erzählte seinen Suhler Kollegen von seiner Trennung, sagte aber nichts vom Outing. Dafür reichte sein Mut nicht aus. In den folgenden Tagen bettelte Sabrina um ein Gespräch über ihre Zukunft, aber Tom wiegelte ab. Er konnte und wollte niemanden sehen. Dieses grauenvolle Bild vom Abschied würde er kein zweites Mal ertragen. Dabei spürte er unendliche Sehnsucht zu seinen beiden Jungs. Wie gerne würde er sie in den Arm nehmen und ihnen sagen, wie sehr er sie liebte. Doch er schaffte es nicht, sich auf ein kurzfristiges Wiedersehen mit Frau und Kindern einzulassen. Nach zwei Wochen im Pensionszimmer der Redaktion suchte er komplett das Weite und nahm sich eine möblierte Wohnung im 70 Kilometer entfernten Erfurt. Ihm war zwar bewusst, dass er für seine Tätigkeit beim Radio diese Strecke jeden Tag fahren musste, doch das nahm er in Kauf. Er wollte und brauchte Abstand.

Auch seinen Eltern musste er nun reinen Wein einschenken. Das Outing nach Hochzeit, mit zwei Kindern und im Alter von 36 Jahren war alles andere als einfach. Vor allem fürchtete sich Tom vor der Reaktion seines Vaters, der mit Homosexualität ganz gewiss nichts anfangen konnte. Als er bei seinen Eltern eintraf, hatte seine Schwester Jana bereits über das Ende seiner Ehe informiert. Mutter fragte: „Wie schaut es aus bei dir, kannst du noch mit Frauen?" Tom wiegelte ab und erwiderte: „Sicher kann ich noch mit Frauen, ich habe zwei Kinder gezeugt. Aber momentan habe ich keine Lust." Seine Mutter nahm es äußerlich emotionslos zur Kenntnis, wies Tom aber mit eindringlichen Worten darauf hin, dass er Verantwortung für seine Kinder trage. Die habe er nun mal in die Welt gesetzt und müsse dafür geradestehen. Auf diese Moralpredigt hätte Tom sehr gerne verzichtet, denn er wusste selber, dass mit dem Outing nicht die Verantwortung für die Kinder endete. Ihm wäre es lieber gewesen, seine Mutter hätte ihn in den Arm genommen und ihm ihre Liebe und Unterstützung versichert. So, wie es Basti bei seinem Outing erlebt hatte. Toms Vater hingegen blieb überraschend wortkarg. Er sagte lediglich: „Ich verstehe es nicht, aber ich akzeptiere es." Dieser Satz brannte sich in Tom ein, bedeutete er doch, dass er trotz seines Outings zwar geduldet war, aber kein Verständnis für seine Lebensweise als schwuler Mann erwarten könnte. Zur Freude Toms entspannte sich das Verhältnis später wieder. Seine sexuelle Orientierung sollte aber nie wieder Thema sein.

Das Outing bei seinen Eltern hatte er mehr schlecht als recht hinter sich gebracht. Das schlechte Gewissen, seinen Kindern kein Vater mehr sein zu können, aber blieb. Seine Schwester, zu der er ein inniges Verhältnis hatte, befeuerte die Gewissensbisse. Sie vermittelte zwischen Sabrina und ihm, weil zwischen den Eheleuten zu dieser Zeit Funkstille herrschte. Jana hatte das Wohl der Kinder im Blick und schrieb Briefe an Tom. Darin appellierte auch sie an die Verantwortung für seine Kinder. Sabrina sei nun allein auf weiter Flur und mit der Situation total überfordert, sie müsse arbeiten gehen, sich um die beiden Jungs kümmern und habe das große Haus zu bewirtschaften. Er müsse also öfter nach Hause fahren, sich um die Kinder kümmern, denn sie litten schwer unter der Trennung. Zugleich äußerte Jana aber auch Verständnis dafür, dass er Sabrina verlassen hatte. Und das hatte nicht nur mit seinem Outing zu tun. Nach ihrer Beobachtung hatte er den Großteil des Haushalts geschmissen und sich neben seinem stressigen Job und der Gartenarbeit intensiv um die Erziehung seiner beiden Söhne gekümmert. Dabei ging er durchaus auch mal väterlich streng und konsequent vor, was häufig zu Diskussionen mit Sabrina geführt hatte.

Mal versuchte sie antiautoritär zu erziehen, mal kehrte sie die strenge Mutter raus. Welche Erziehungsrolle sie gerade spielte, hing von ihrer Laune ab. Die Jungs wussten daher nie so genau, woran sie gerade sind. Es fehlte eine klare Linie, die Tom stets versuchte einzuhalten, auch wenn es nicht einfach war und er den Bogen manchmal überspannte. Zu selten gelang es ihm, der väterlichen Strenge eine spürbare Portion Liebe hinzuzufügen. Das wurde ihm erst Jahre später klar und sollte ihm tiefe Schuldgefühle einbringen. Damals jedoch war er weit davon entfernt. Er wusste lediglich, dass seinen Jungs von nun an diese väterliche Seite fehlen würde.

Das Outing sollte aber auch nicht nur Schmerz verursachen, es sollte keinesfalls umsonst gewesen sein. Gerade in den ersten Wochen nach der Flucht vor seiner Familie versuchte er, seine negativen Gefühle zu verdrängen. Er schloss diese Tür in seinem Gedächtnis ab, schaute in die bunte, vor ihm liegende Welt und sog sein neues Leben auf. In einschlägigen Chats suchte er nach Männern, traf sich hin und wieder auch mit welchen. Eine Zeitlang genoss er die bis dahin ungekannte sexuelle Freiheit. Er wollte von nun an die aktive Rolle beim Sex einnehmen und bot sich auch so bei seinen Partnern an. Viele schwule Männer sind passiv veranlagt und finden Erfüllung, wenn sie das Gegenstück deutlich spüren können. Da Tom von Natur aus gut bestückt war, fiel es ihm nicht schwer, geeignete Sexpartner zu finden, die sich dann gerne mehrere Male mit ihm trafen. Er war durch seine sportliche und schlanke Figur attraktiv und galt für viele in der überschaubaren Erfurter schwulen Szene, wo nach kurzer Zeit jeder jeden kannte, als „Frischfleisch". Und er war noch nicht zu alt.

9. Justin

Tom probierte sich aus, ging dafür auch in Clubs und Diskotheken. In Erfurt gab es freitags sogar eine Diskothek nur für Lesben und Schwule. So etwas hatte Tom vorher noch nie gesehen. An einem dieser Diskoabende fiel ihm ein junger schlanker Mann mit weichen Gesichtszügen auf. Er bewegte sich feminin und grazil auf der Tanzfläche und wurde von niemandem beachtet. Tom empfand eine Portion Mitleid, weil dieser junge Mann offensichtlich so einsam war. Er ging auf ihn zu und tatsächlich freundeten sich beide an. Justin hatte mit seinen 23 Jahren die Kehrseite der schwulen Szene bereits intensiv kennengelernt. Zu oft fühlte er sich ausgenutzt und betrogen. Letzten Endes gehe es seinen neuen Bekanntschaften trotz anderer warmer Worte nur um Sex, nie um die berühmten inneren Werte, seufzte er. Beide Männer tauchten tiefer in die Diskussion ein, tauschten ihre Erfahrungen aus und begannen, Zuneigung füreinander zu entwickeln. Tom lud Justin für die nächste Woche vor dem gemeinsamen Diskobesuch zu ihm nach Hause ein. Dort offenbarte Justin, dass er sich zur Frau entwickeln wolle. Er habe bereits damit begonnen, Hormone zu schlucken. Später wollte er einen weiblichen Namen annehmen und sich umoperieren lassen. Für Tom war das Neuland, er hatte sich mit Transsexualität noch nie auseinandergesetzt, hörte aber äußerst aufmerksam zu und stellte viele Fragen. Er war von Natur aus neugierig und war vielleicht deshalb Journalist geworden. Justin antwortete bereitwillig und erzählte von seinem Umfeld, dass unterschiedlich auf die Umwandlung reagierte. Zum Glück konnte er sich auf seine Mutter verlassen, sie gab ihm Halt und die Zuversicht, dass alles gut werden würde. Sofort musste Tom wieder an sein Outing und seine Eltern denken und empfand einmal mehr Trauer. Justin spürte das und nahm Tom in den Arm. Dann ergab eins das andere. Sie begannen sich zu küssen und auszuziehen. Als Tom Justins Hose geöffnet und vom Hintern gestreift hatte, blickte er auf Boxershorts, die den unübersehbaren Hinweis auf einen ebenfalls recht großen Penis lieferten. Tom packte den harten Schwanz aus und musste insgeheim lachen. Um eine Frau zu werden, musste da sehr viel operiert werden, dachte er. Und zum Glück war er nicht passiv…

Tom legte sich auf den Rücken und überließ Justin die Regie. Der fackelte nicht lange, schmierte etwas Gleitgel auf Toms Glied und nahm darauf Platz. Sein Penis zeigte steil nach oben und gab ein wirklich beachtliches Bild ab. Ohne Kondom drang Tom bis zum Anschlag in Justin ein. Der begann, sein Becken auf und ab zu bewegen und achtete darauf, dass Toms Penis nicht rausrutschte. Beständig ließ er sich auf Toms Schoß fallen, um dessen Glied in voller Länge zu spüren. Es dauerte nur wenige Augenblicke, da entlud sich Toms Lust, und auch Justin konnte es nicht zurückhalten. Er musste seinen Schwanz nur ein paarmal reiben, da schoss das Sperma in kräftigen Schüben raus und landete auf dem Kopfkissen, auf Toms Gesicht und auf seiner Brust. Zum ersten Mal erlebte es Tom, wie es sich anfühlt, seinen Körper mit einer ansehnlichen Menge Sperma vollgespritzt zu bekommen. Er empfand das klebrige Zeug als unangenehm, ging danach ausgiebig duschen und fuhr mit Justin kurz vor Mitternacht in die Disco. Diese Nummer brachte ihn zur Erkenntnis, dass er mit Justin keine gemeinsame Zukunft haben würde. Einerseits hatte er keine Lust auf weitere „Spermaduschen", auf die Justin offensichtlich stand. Viel wichtiger war, dass er mit einem richtigen Mann zusammen sein wollte und nicht mit einer umoperierten Frau. Justin hingegen hätte gerne eine langfristige Partnerschaft aufgebaut, weil seine Zuneigung zu Tom gewachsen war. Doch bei Tom biss er nun auf Granit. Er hatte sich seit seinem Outing geschworen, stets zu seinen Gefühlen zu stehen und gab Justin zu verstehen, dass mehr als eine Freundschaft nicht möglich wäre. Der buchte das als weitere Enttäuschung ab und ergab sich seinem Schicksal. „Wir können Freunde bleiben" – in der schwulen Szene war das die Umschreibung für: „Lass mich in Ruhe, das wird nichts mit uns." Zwar trafen sich beide noch hin und wieder oder tauschten SMS aus, aber im Bett landeten sie nicht mehr. Und irgendwann war Schluss.

Tom tobte sich weiter sexuell aus und nutzte dafür jede sich bietende Gelegenheit. Manchmal blieb es beim Treffen mit einem schwulen Mann auch nur beim Bier oder einer netten Unterhaltung, weil die Chemie einfach nicht stimmte oder der vermeintliche Sexpartner ganz anders aussah als auf dem Foto im Chat. Es waren Wochen voller neuer Eindrücke, in denen Tom nur das Nötigste arbeitete und nur selten einen Gedanken an seine Kinder und seine Frau übrighatte. Zwar wurde er permanent vom schlechten Gewissen geplagt, das sich tief ins Unterbewusstsein eingenistet hatte, doch sein Job, vor allem aber Sex und Alkohol, lösten zumindest phasenweise die dunklen Gedanken in Wohlgefallen auf.

In diesen Wochen nahm es Tom mit dem Schutz vor ansteckenden Krankheiten nicht sehr genau. Selten benutzte er beim Geschlechtsverkehr ein Kondom, denn von gefühlsecht, wie es auf den Verpackungen stand, konnte keine Rede sein. Er wollte es intensiv. Seinen ersten aktiven Analverkehr damals mit Basti hatte er sehr genossen. Es war ein wundervolles, enges Gefühl, und bisher war alles sauber geblieben. Seine Sexpartner waren geübt und wussten, was sie tun müssen, damit das auch so blieb. Einmal beispielsweise hatte er einen Mann bei sich übernachten lassen. Als er ihn morgens nehmen wollte, lehnte der mit den Worten ab: „Ich bin zu voll, das würde uns nicht gefallen." Später machte Tom einen HIV-Test und war heilfroh, als er vom Gesundheitsamt einen negativen Befund erhielt. In Zukunft wollte er etwas bewusster mit diesem Thema umgehen und steckte seinen Penis nur dann ungeschützt in einen Hintern, wenn ihm sein Sexpartner zuvor versichert hatte, gesund zu sein und Tom das auch wirklich glauben konnte. Echte Sicherheit sieht freilich anders aus.

Sex ist schön, aber nicht alles. Nach einigen Wochen wurde Tom zunehmend bewusst, dass er auf Dauer keine sexuellen Abenteuer suchte, sondern Liebe und Wärme, natürlich gepaart mit Sex. In dieser Zeit hielt er weiter Kontakt zu Basti, der ihm bei seinem Outing und den Tagen danach moralisch zur Seite gestanden und beständig Mut zugesprochen hatte. In der Regel schrieben sie SMS-Nachrichten, manchmal telefonierten sie auch miteinander. Tom träumte trotz seiner sexuellen Abenteuer von einer Beziehung mit Basti. Er machte ihm deutliche Avancen, erhielt aber eine unmissverständliche Abfuhr: Nach einigem Zögern traf sich Basti mit Tom und erklärte ihm, dass er ihn toll finde, klug, sympathisch, attraktiv. Doch er habe eine eigene Beziehung und wolle diese nicht aufgeben. Tom war durchaus bewusst gewesen, dass Basti eine offene Beziehung pflegte, in der beide Partner mit anderen Männern Sex haben durften. Er wusste aber auch, dass sich Basti und sein Freund oft stritten und dass Basti sich durchaus Gedanken um eine Trennung gemacht hatte. Dennoch hatte er sich nun dafür entschieden, seinen Freund nicht zu verlassen.

Wieder einmal war Tom maßlos enttäuscht. Wer steckt schon gerne eine persönliche Niederlage ein? Bei Basti hätte er bestimmt die Geborgenheit gefunden, die er so vehement suchte. Außerdem vermisste er die tiefgründigen Gespräche, die mit seinen anderen Partnern bisher nicht möglich gewesen waren. Basti war was Besonderes! Auf der anderen Seite wollte Tom keine offene Beziehung, die Basti sicherlich auch von ihm eingefordert hätte. Also ließ er ihn schweren Herzens ziehen.

Tom wollte keinesfalls alleine bleiben, er war Einsamkeit nicht gewöhnt und begab sich auf die Suche nach einer neuen Beziehung. Er fand eine. Sie sollte viele Jahre dauern, unendlichen Schmerz auslösen und dennoch eine neue Perspektive eröffnen. Irgendwann musste Tom doch glücklich werden!

10. Arian

Sein neuer Lebensabschnitt begann am 22. September 2002. Es war der Tag der Bundestagswahl, bei der sich SPD-Mann Schröder und CSU-Kontrahent Stoiber ein Kopf-an-Kopf-Rennen um die Kanzlerschaft lieferten. Tom saß spätabends im Erfurter Großraumbüro seines Radiosenders. Die meiste Arbeit war erledigt, alle warteten auf den Wahlausgang. Tom setzte in einem schwulen Videotext-Chat einen Text ab, um sich die Zeit zu vertreiben. „Suche hübschen Typen für Sex und/oder Beziehung", dazu ein paar Daten von ihm und die Handynummer. Das Übliche halt. Er erwartete nichts, erst recht nicht an diesem Tag und zu so später Stunde. Doch postwendend kam eine Antwort: „Hi, ich bin Arian, 22, wohne in deiner Gegend. Wollen wir uns treffen?" Tom war aufgeregt, sein Puls nahm Fahrt auf. „Ja, gerne. Ich würde mich sehr darüber freuen!", lautete seine schnelle Antwort. Beide Männer schrieben ein paar weitere SMS hin und her, Arian hinterließ einen äußerst sympathischen Eindruck und sorgte dafür, dass es in Tom zu kribbeln begann. Sollte Arian ein Mann sein, mit dem mehr möglich ist als ein sexuelles Abenteuer, auch wenn er 13 Jahre jünger war?

Tom bat um ein Telefonat, er wollte Arians Stimme hören. Arian willigte ein, nahm das Gespräch an und warnte sogleich: Er lebe in einem Heim für Süchtige, sei auf Entzug, er hoffe, dass ihn das nicht störe. Tom hatte dafür keinen Gedanken übrig. Viel zu sehr freute er sich auf diesen Mann, dessen Stimme am Telefon so sympathisch klang. Für den nächsten Tag vereinbarten sie ein erstes Treffen. Tom konnte vor Aufregung kaum schlafen. Dass Gerhard Schröder die Bundestagswahl gewonnen hatte, war erst einmal zur Nebensache geworden.

Der Tag danach brachte viel Arbeit, und so verging die Zeit wie im Flug. Am Nachmittag setzte sich Tom in seinen roten 3er BMW und fuhr die paar Kilometer über die Autobahn zu Arian. Beide hatten sich für 14 Uhr verabredet. Tom war erleichtert, als er Arian pünktlich am Straßenrand sah. Das musste er sein! Tom hielt an, Arian stieg ein, sie fuhren los. Aus den Augenwinkeln sah er seine junge Eroberung an und war sofort positiv gestimmt. Arian hatte ein hübsches Gesicht, stechend blaue Augen und offensichtlich eine ansehnliche Figur. Zumindest war er schlank, was für Tom besonders wichtig war. Nur seine Frisur sah komisch aus: Er hatte einen Mittelscheitel gezogen und mit viel Gel buchstäblich am Kopf festgeklebt. Ganz spontan, auch um die Anspannung zu lösen, sagte er: „Oh, du hast eine Vorhängegardine auf dem Kopf, das sieht ja lustig aus!" Beide mussten herzhaft lachen. Ab dem nächsten Tag trug Arian die Haare ohne Scheitel, sondern stylte seine Haare mit Unmengen Gel nach oben.

Sie fuhren nach Erfurt. Unterwegs schwärmte Arian vom BMW und sagte, wie sehr er dieses Auto liebe. Tom war ein zügiger Autofahrer. Ohne es damals zu wissen, imponierte er Arian mit seiner rasanten Fahrweise. In der Wohnung angekommen, erzählten sie von sich. Sex gab es an diesem ersten Tag nicht.

Arian stammte aus einer Kleinstadt in den Bergen des Thüringer Waldes. Er war ein Einzelkind. Seinen ungewöhnlichen Namen hatte seine Mutter im Krankenhaus gewählt. Sie tippte in einem Namensbuch mit dem Finger auf einer beliebigen Seite auf ein beliebiges Wort und machte aus ihrem Sohn auf diese Weise einen Arian. Seine Eltern waren Alkoholiker. Nur wenige Jahre nachdem sich Tom und Arian kennengelernt hatten, starb sein Vater an den Folgen seiner Sucht. Auch seine Mutter war schwer alkoholkrank. Arian steckte in einer Suchtkarriere, wie sie für Tom unvorstellbar gewesen wäre. Schon als Kind hatte er regelmäßig Bier getrunken, weil ihn seine Eltern dazu animierten. Als Jugendlicher kamen später dann alle möglichen Drogen hinzu. Es begann wie so oft mit Kiffen, später nahm er LSD, Kokain und auch Heroin. Arian war drogen- und alkoholabhängig und rauchte dazu wie ein Schlot. Finanziert hatte er seine Süchte, indem er seinen damals 16 Jahre jungen Körper an ältere Männer verkaufte. Er verdiente damit viel Geld, wie er sagte. Aussehen und Geld waren für ihn die wichtigsten Dinge im Leben. Einen Schulabschluss hatte er nicht. Zwei Lehrlingsausbildungen hatte er abgebrochen. Seine Eltern wollten nichts mehr von ihm wissen. Nach seinem 18. Geburtstag wurde es noch schlimmer. Inzwischen hatte er eine eigene Wohnung, die spärlich eingerichtet war. Sein Tag begann morgens stets mit Erbrechen. Erst wenn er Schnaps getrunken hatte, konnte er halbwegs klar denken. Den Tag füllte er weiter mit Anschaffen, Alkohol, Drogen, Rumlungern, Rauchen und Fernsehen aus.

Irgendwann ging es nicht mehr. Eines Tages schleppte er sich Blut spuckend zum Krankenhaus seiner Heimatstadt, brach auf der Eingangstreppe zusammen und lag zwei Wochen lang im Delirium. Fixiert am Bett, entgifteten die Ärzte seinen geschundenen Körper. Der Arztbericht über seine Süchte las sich wie die Biografie eines Verrückten. Angstzustände und Wahnvorstellungen waren Arians ständige Begleiter. Er berichtete von grünen Männchen, die an den Wänden seiner Wohnung nach oben kletterten und ihn auslachten. Erst nach und nach kam er zur Besinnung. Tom standen die Tränen in den Augen, als er die Arztberichte las und Arians Schilderungen hörte. Er empfand immenses Mitleid, nahm seinen neuen Freund in die Arme. Nach der körperlichen Entgiftung war Arian wochenlang in einer Spezialklinik in Römhild und landete anschließend im Heim für Suchtkranke in Ilmenau. Dort sollte er auf sein neues Alltagsleben ohne Suchtmittel vorbereitet werden. Voraussetzung war natürlich, dass er weder Drogen noch Alkohol schluckte. Nach seinen Ausgängen und bei Rückkehr ins Heim wurde das auch jedes Mal streng kontrolliert.

Über mehrere Wochen holte Tom seinen jungen Freund regelmäßig aus dem Heim ab, dann fuhren beide in die Erfurter Wohnung, abends brachte Tom ihn zurück. Streng achteten sie darauf, dass kein Tropfen Alkohol floss. Tom verzichtete ebenfalls darauf. Drogen nahm er sowieso nicht. Das junge Glück fand immer näher zusammen. Inzwischen hatten sie einige Male miteinander geschlafen. Arian war wie gewünscht der passive Part und sagte Tom mehrfach, wie toll er doch dessen Penis finde. Tom empfand den Sex ebenfalls als äußerst befriedigend und fühlte sich dabei pudelwohl. Mehr noch: Er konnte nicht genug bekommen. Schnell hatte er so viel Vertrauen zu Arian gefasst, dass sie ohne Kondom miteinander schliefen. Tom hatte das Gefühl, endlich dort angekommen zu sein, wo er seit langem hinwollte: Er hatte einen gutaussehenden, scheinbar verständnisvollen Partner an seiner Seite, der ihn sogar anzuhimmeln schien. Fühlte sich so die große Liebe an, von der alle schwärmten? Was kann schöner sein als Sex aus Liebe? Hatte er es jetzt wirklich geschafft?

Tom wollte mehr. Durch seinen Radiojob war er inzwischen recht bekannt und hatte sich bei Arians Betreuer im Heim als der vorgestellt, der er war. Tom konnte gewandt reden und schaffte es durch sein eloquentes Auftreten, dass der anfangs misstrauische Betreuer zu ihm allmählich ein Vertrauensverhältnis aufbaute, so dass Arian auch mal bei Tom übernachten durfte. Also fuhren sie in die Wohnung nach Erfurt, am nächsten Morgen lieferte Tom seinen Freund auf dem Weg zur Arbeit nach Suhl auf halbem Weg im Heim ab. Nachmittags oder abends lief es genau andersherum. Für beide war das sehr praktisch und bedeutete kaum Aufwand. Doch es blieben Ausnahmen. Besonders am Wochenende wünschte sich Tom, mehr Zeit mit seiner neuen Liebe zu verbringen.

So wuchs in beiden der Wunsch, Arian aus dem Heim herauszuholen. Tom wollte mit ihm zusammenleben und fühlte sich stark genug, seinen Freund auf dem Weg in ein normales Leben zu begleiten. Der Betreuer hob warnend den Zeigefinger: „Stellt euch das bloß nicht zu einfach vor. Arian ist nicht so, wie du ihn momentan siehst. Er hat große Defizite." Bei diesen Worten fühlte sich Tom an seinen Psychologen erinnert, bei dem er seit einigen Wochen in Behandlung war. Ihn hatte er aufgesucht, weil er jemanden brauchte, dem er sich frei und vorbehaltlos anvertrauen konnte. Auch er hatte Tom vor Arian gewarnt: Drogen und Alkohol bedeuteten eine explosive Mischung. Süchtige seien hervorragende Schauspieler, um sich ihr Umfeld gefügig zu machen, hatte er ihm eindringlich erzählt. Er habe viele Drogenkarrieren begleitet und wisse, was er sage. Dieser Gegendruck forderte Tom heraus. Er würde sich und allen anderen schon beweisen, dass er es schaffen konnte, Arian auf dem Weg aus dem Suchtleben zu begleiten, um irgendwann eine normale Beziehung zu führen. Er freute sich auf den Zeitpunkt, ab dem er mit Arian beständig zusammen sein konnte – nur unterbrochen, wenn er auf Arbeit war.

Und so kam es dann auch.

An einem Frühlingstag holte Tom seinen Arian zum letzten Mal im Heim ab. Äußerlich gesehen war er tatsächlich aus dem Gröbsten heraus. Beide waren fröhlich, lagen sich in den Armen und konnten es kaum erwarten, in Erfurt anzukommen. Dort rissen sie sich die Kleidung von den Körpern und ließen es im Bett ordentlich krachen.

Doch die anfängliche Euphorie musste schon nach kurzer Zeit zunehmender Ernüchterung Platz machen. Die Sucht hatte bei Arian unsichtbare psychische Spuren hinterlassen. Was Tom anfangs eher als belustigend oder spannend empfand, wurde beim täglichen Erleben zum Problem. So schämte sich Arian, auf die Toilette zu gehen. Stets musste die Badezimmertür verschlossen sein. Wenn der Paketdienst an der Wohnungstür klingelte, traute er sich nicht zu öffnen. Denn er befürchtete, der Postbote könnte sich vor ihm erschrecken, weil er in dem Augenblick nicht richtig gestylt war. In der Straßenbahn oder im Supermarkt bekam er Panikattacken, besonders, wenn mehrere Leute versammelt waren. Vor dem Einschlafen im Bett schüttelte er seinen Kopf lange und heftig hin und her, bis ihm schwindlig wurde und er in den Schlaf fiel. Das konnte Stunden dauern. Stets hatte er eine Flasche Wasser bei sich, sie stand auch neben dem Bett, denn Alkoholkranke sind es gewöhnt, ständig zu trinken, wie er erklärte. Tom wurde mit diesen Eigenheiten nun täglich konfrontiert. Er hatte mit Suchtfolgen keinerlei Erfahrungen gemacht und betrat Neuland. Dennoch wollte er stark bleiben: Er hatte es sich auf die Fahnen geschrieben, Arian bei dessen Gesundwerdung zu begleiten. Daran änderte auch der Satz nichts, den Arian am zweiten Tag ihres Zusammentreffens geäußert hatte und dessen Inhalt Tom erst viel später verinnerlichte: „Ich kann perfekt lügen."

Das sollte sich als Wahrheit herausstellen.

Schon während ihrer ersten Begegnungen hatte Arian stets zwei Handys dabei. Mal kam auf dem einen eine SMS an, mal auf dem anderen. Jedenfalls piepste es fast pausenlos. Wer schrieb ihm? Das waren durchweg Leute aus dem schwulen Videotext-Chat, in dem sich auch Tom und Arian kennengelernt hatten. Um seine vielen Kontakte zu organisieren, führte Arian regelrecht Buch. Er hatte jeden Schreiberling in diesem Chat mit Nicknamen oder – wenn bekannt – mit echtem Namen sowie mit der Handynummer aufgeführt. Mit wie vielen von ihnen hatte er sich bereits getroffen? Tom wurde eifersüchtig und fragte sich selbst: Würdest du so etwas tun, wenn du verliebt und gerade dabei bist, eine neue Beziehung aufzubauen? Für ihn war die Antwort klar, für Arian nicht. Tom fühlte sich hintergangen, zumal er Arians Handyschulden über mehrere hundert Euro aus der Vergangenheit beglichen hatte und auch für die beiden laufenden Verträge aufkam. Erst nach schier endloser Diskussion warf Arian sein Adressbuch mit hörbarem Seufzen in die Mülltonne. Tom fühlte sich zwar erleichtert, dennoch meldete sich sein Magen und warnte ihn: Hat er sein Buch wirklich weggeworfen, weil er auf die Kontakte verzichten wollte oder weil er Angst hatte, du könntest ihn vor die Tür setzen? Tom verwarf das mulmige Gefühl und schaute den süßen Arian an, der so unschuldig dreinblickte und für alles immer liebe Worte fand. Er wollte ihn in sein Arbeitsleben begleiten und mit ihm eine gemeinsame Zukunft aufbauen. Er wollte ihm zeigen, wie schön das Leben ohne Drogen und Alkohol sein konnte.

Auf diesem Weg zurück ins Leben fuhren beide zum Erfurter Arbeitsamt. Erneut konnte Tom überzeugen. Arian erhielt die Zusage für eine sogenannte Ausbildungsvorbereitung bei einem katholischen Sozialverein. Tom fand das witzig: sein schwuler Freund bei den Katholiken! Noch im Frühjahr sollte die Ausbildung beginnen, um Arian auf eine dann im September beginnende, richtige Lehre vorzubereiten. Es ging um grundlegende Werte wie Pünktlichkeit, Zuverlässigkeit, Alltag sortieren und meistern. Probleme sollen gelöst werden statt beim kleinsten Widerstand alles hinzuschmeißen. Dinge, die Arian bereits im Heim in Ilmenau lernen sollte. Der Berufsberater warnte: „Dieser vorbereitende Kurs kostet den Steuerzahler 45.000 Euro. Ich stehe dafür persönlich gerade, dass Arian den Kurs nicht vorfristig abbricht, sondern ihn bis zum Schluss erfolgreich durchzieht."

Tom sah darin kein Problem, er fühlte sich wie neu geboren, stark und voller Tatendrang, dazu hoffnungslos verliebt. Es erfüllte ihn mit großem Stolz, dass sie etwas gefunden hatten, um Arians Leben mit sinnvollem Inhalt zu füllen. Als nächsten Schritt fuhren beide gemeinsam mit der Straßenbahn, damit Arian lernte, alleine von zu Hause zum Ausbildungszentrum und wieder zurück zu fahren. Es fühlte sich an wie die Generalprobe für einen Abc-Schützen zum Schulbeginn.

Arian hielt tatsächlich durch und absolvierte den Kurs bis zum Schluss. Tom jedoch war keine Atempause vergönnt. Sein Freund hatte inzwischen das Internet mit seinen zahllosen Möglichkeiten entdeckt. Vor allem in schwulen Dating-Portalen war er zu Hause. Tom fühlte sich irritiert und stellte ihn zur Rede: „Was bitteschön soll das? Sind wir jetzt ein Paar oder nicht? Wenn ja, warum besuchst du Dating-Seiten?" Arian versuchte zu beschwichtigen: „Das mache ich doch nur aus Zeitvertreib, wenn du nicht da bist. Mit dir hat das nichts zu tun, ich liebe dich aus tiefstem Herzen", ließ er Tom jedes Mal wissen und setzte dabei seinen Dackelblick auf.

Ungeachtet aller Diskussionen und als wäre er von einer neuen Sucht erfasst worden, begann Arian damit, schwule Pornofotos aus dem Netz zu laden und auf seinem Handy zu speichern. In seiner Klasse sei ein 16-jähriger Typ, der sei auch schwul und traue sich aber nicht, sich zu outen. Er wolle aber mal solche Bilder sehen, daher lade er sie für ihn runter, sagte er zur Begründung. Tom bekam zwar erneut ein mulmiges Bauchgefühl, wollte aber die junge Beziehung nicht gefährden. Also schluckte er die Eifersucht runter.

Inzwischen hatte Tom dafür gesorgt, dass Arian wieder stärker auf seine Eltern zugegangen war. Um Steuern zu sparen, waren sie noch verheiratet, lebten aber schon seit Jahren getrennt. Mal besuchten sie seinen Vater, mal die Mutter. Weihnachten saßen sie sogar alle beisammen. Tom wollte so viel Normalität wie möglich und ein familiäres Zusammenleben, auch wenn bei allen Treffen Mutter und Vater nie ohne Alkohol auskamen. Arian blieb standhaft, und Tom dachte sich seinen Teil. Während sich die Welt seiner Mutter nur um sich selber drehte, war der Vater offener und zugänglicher. Mit ihm konnte man sich auch über Politik und Sport unterhalten. Außerdem war er ein Fan von Toms Radiosender und kannte daher seine Stimme. Arians Eltern sahen, dass ihr Sohn trocken blieb, eine Ausbildung machte, eine scheinbar gesunde Beziehung führte und kein Geld wollte. Daher war Tom ein gern gesehener Gast.

Zur Ruhe kam er aber nicht. Fast schon regelmäßig lieferte Arian Anlässe, um an dessen Aufrichtigkeit zu zweifeln. Tom musste sehr früh aufstehen, um pünktlich zum Frühdienst in seinem Außenstudio zu erscheinen. Wenn er aufstand, lag Arian noch im Bett. Nach einigen Wochen folgte Tom einer Eingebung, schaute sich das Internetprotokoll an und sah seine Befürchtung bestätigt: Auf die Minute genau konnte er nachvollziehen, wann Arian in den Dating-Portalen unterwegs war – und zwar, sobald Tom die Wohnung verlassen hatte. Er fühlte sich einmal mehr hintergangen. Tom hatte ihn aus dem Heim geholt, das Arian verabscheut hatte. Er hatte ihm eine vorbereitende Ausbildung verschafft. Er ging mit großem Ehrgeiz seiner stressigen Arbeit nach, um genügend Geld für beide und seine zurückgelassene Familie zu verdienen. Ein Dankeschön erhielt er dafür von niemandem – von Sabrina sowieso nicht, aber auch nicht von Arian. Im Gegenteil: Sein neuer Freund „bedankte" sich, indem er sich mit fremden Männern chattete. Tom stellte ihn erneut zur Rede und erntete wieder nur Ausflüchte und Beschwichtigungen. Er müsse sich doch keine Sorgen machen, er gehe nicht fremd, amüsiere sich eben nur im Internet. Tom war am Verzweifeln. Konnte er Arian glauben oder hatte er sich von einem Unglück ins nächste gestürzt? Er wollte es nicht wahrhaben und redete sich ein, dass es Arian tatsächlich ernst meinte und er nur krankhaft, aber grundlos eifersüchtig war.

Zwischendurch kam Arian mit der Idee, sie könnten doch eine offene Beziehung führen. Tom wusste aus früheren Gesprächen mit Basti, was das bedeutet. Ein Paar lebt zwar zusammen, doch ist es erlaubt, sich mit anderen Sexualpartnern zu treffen. Für Tom blieb so etwas undenkbar. Oft sprach er in dieser Zeit mit anderen Bekannten grundsätzlich über die Frage der Liebe. Kann man Sex und Liebe trennen? Manche Freunde bejahten diese Frage, andere nicht. Basti, dem Tom sehr viel zu verdanken hatte, war ein Verfechter der offenen Beziehung. Das hatte Tom am eigenen Leib erlebt, ansonsten hätte er mit ihm keinen Sex haben können.

Tom grübelte hin und her. Gibt es offene Beziehungen bei heterosexuellen Paaren auch? Er stellte sich seine Eltern vor: Mutter sitzt zu Hause und schaut fern. Vater geht zu irgendeiner Frau, vergnügt sich mit ihr und liegt dann abends wieder im gemeinsamen Ehebett und erzählt vielleicht noch von seinem sexuellen Abenteuer... An dieser Stelle war für Tom die Grenze des Ertragbaren erreicht: Sex und Liebe trennen? Nein! Deshalb machte er Arian eine deutliche Ansage: „Ich will den Körper meines Partners nicht mit anderen Leuten teilen.

Entweder wir gehören zusammen oder nicht." Zähneknirschend willigte Arian ein, wohl wissend, dass er von Tom wirtschaftlich abhängig war. Sie sprachen zwar nie darüber, aber auch ohne Worte war beiden klar, dass Arian ohne Tom erneut vor dem Nichts gestanden hätte. Arian hoffte, das möge so weitergehen. Tom hoffte, sein Freund würde zur Einsicht kommen und sich komplett auf ihn einlassen.

Nur wenige Tage später bohrte Arian wieder und schlug diesmal vor, sie könnten sich doch Sexpartner suchen und dann zu dritt ihren Spaß haben. Aus seiner Sicht war das perfekt: Er hätte einen offiziellen Grund, weiter auf den Dating-Portalen aktiv zu sein, schließlich musste er einen Typen für einen Dreier finden. Zum anderen fand er die sexuelle Abwechslung, die ihm mit Tom allein offenbar fehlte. Er wollte unbedingt neue, junge Männer kennenlernen und warf Tom auch später noch regelmäßig vor, sie hätten beide kaum Freunde, weil er Arian beschränke. Aus diesem Vorwurf wurden oft harte und am Ende trotzdem fruchtlose Diskussionen. Tom sah in Freunden vor allem Leute, mit denen man Gemeinsamkeiten teilen, etwas unternehmen und sich gut unterhalten und Freizeitspaß haben konnte. Für Arian war das Wort „Freund" ein Synonym für Sexpartner. Tiefgründige Gespräche waren seine Sache sowieso nicht. Arian interessierte sich für gutes Aussehen, schwule Männer und Fernsehen. Bei einer ihrer vielen Diskussionen bestätigte er das sogar und meinte, er könne mit klugen Menschen wie Studenten nichts anfangen. Die seien sowieso hochnäsig. Die Debatten drehten sich im Kreis. Erst später wurde Tom bewusst, warum Arian so vehement auf neue Bekanntschaften bestand, bei denen es sich ausschließlich um junge schwule Kerle handeln musste: Er brauchte die Bestätigung, dass er ein gutaussehender Mann war, der nicht altert und stets cool drauf ist. Diese Bestätigung brauchte er am besten täglich und am liebsten mehrfach. Es reichte ihm aber nicht, diese Bestätigung von seinem Freund zu bekommen, er brauchte sie von möglichst vielen anderen schwulen Jungs.

Tom wollte keinen Sex zu dritt und musste sich daraufhin den Vorwurf gefallen lassen, er sei nicht locker genug, viel zu altbacken und passe nicht in die schwule Szene. Wollte er überhaupt in diese Szene? Nein. Er wollte eine liebevolle, ehrliche Beziehung führen. Anders als Arian war er nicht stolz darauf, homosexuell und damit „anders" zu sein als die Masse. Das war in seinen Augen keine Leistung, sondern naturgegeben. Er war stolz darauf, einen Partner an seiner Seite zu haben, den er trotz aller Schwierigkeiten liebte. Das Geschlecht spielte dabei nur eine Nebenrolle. Arian hingegen wollte alle Klischees der schwulen Szene erfüllen. Ihre Ansichten darüber ließen sich nicht unter einen Hut bringen.

Nach langen Debatten, einigen schlaflosen Nächten und stundenlangem Grübeln auf Autobahnfahrten willigte Tom ein. Arian hatte ihn überzeugt, er müsse einfach cooler sein. Außerdem beruhigte er sich damit, dass ein bisschen Abwechslung beim Sex nicht schaden könne. Also luden sie sich über schwule Portale irgendwelche Typen ein, die in Arians Raster passten: jung, schlank, möglichst ein bisschen naiv. Das war seine Welt, da konnte er mithalten. Der erste war ein 18-jähriger Jüngling, mit dem Tom nichts anfangen konnte. Er war zwar hübsch, aber eben viel zu jung. Außerdem kroch in Tom sofort wieder die Eifersucht hoch, als er zusehen musste, wie inbrünstig sich Arian um dessen Penis kümmerte. Nach solchen Treffen spürte Tom oft eine unbeschreibliche Leere: Stets beschlich ihn das Gefühl, dass Arian vor allem mit den Sexpartnern Spaß haben wollte und er – Tom – nur das notwendige Beiwerk war, damit es erlaubt blieb. Geliebt fühlte er sich nicht. Er war der Geldgeber, der seinem Freund ein sorgenfreies Leben garantierte. Ein paarmal machte Tom solche Sexspiele mit, ohne wirklich Freude daran zu finden. Dann war für ihn Schluss.

Dafür gab es einen konkreten Anlass.

Eines Samstags kam Arian wieder mit einem jungen Mann namens Mario an, den er im Internet aufgerissen hatte. Zu dritt fuhren sie nachmittags nach Nordhausen, wo sich eine überschaubare, aber feste schwule Szene etabliert hatte. In einer gemütlichen Gaststätte saßen sie unter Gleichgesinnten. Zu Toms Erstaunen gab es unter den Männern auch noch andere Gesprächsthemen außer Sex und Aussehen. Sie verbrachten einen kurzweiligen und amüsanten Abend, nachts fuhr das Trio wieder zurück. Tom saß am Steuer, Arian und Mario saßen auf der Rücksitzbank. Plötzlich entdeckte Tom im Rückspiegel, dass Arian Mario zwischen den Beinen herumfummelte. Tom musste sich stark zusammenreißen, um nicht zu explodieren. Wie er viel später erfuhr, waren Arian und Mario mehrfach zuvor im Bett gewesen, sie kannten sich seit Monaten. Das „neue Kennenlernen" hatten beide nur vorgespielt. Doch alleine dieses heimliche Befummeln im Auto reichte Tom aus, um das Experiment des sexuellen Dreiervergnügens zu beenden.

Neue Zweifel keimten auf. Oft stellte er sich die Frage, ob er so ein Leben überhaupt führen wollte. Tom kam sich vor wie ein Aufpasser, der jeden Tag darauf achten musste, nicht hintergangen zu werden. Das war nervenaufreibend und kostete unglaublich viel Kraft, zumal er sich in seiner Ehe mit Sabrina und vorangegangenen Beziehungen niemals mit Fremdgehen und Eifersucht beschäftigen musste. Er war ein treuer Typ und erwartete das ganz selbstverständlich von seinem Partner. Tom schwankte zwischen Gefühl und Kopf hin und her. Wie er seinem emotionalen Leiden mit Arian entfliehen konnte, war ihm schon zu diesem Zeitpunkt vollkommen klar. Beziehung beenden, nichts anderes konnte es geben. Doch er hatte nicht die Energie, jene Konsequenz an den Tag zu legen, die er sonst gerne von Anderen einforderte. Also blieb er mit Arian zusammen und sorgte so dafür, dass es ihm weiterhin schlecht ging.

Dabei musste sich Tom nicht nur Sorgen um seinen Freund machen, sondern auch um seine Finanzen. Es schien, als würde ihm sein Leben aus den Händen gleiten. Manchmal kam er sich vor wie der Chef einer Problemfirma. Kaum hatte er einen Krisenherd gelöscht, brannte es woanders lichterloh. Tom zahlte Sabrina Unterhalt für die Kinder – mehr, als er gesetzlich musste. Er finanzierte die komplette Rate fürs Einfamilienhaus, denn er wollte nicht, dass seine Kinder aus ihrer gewohnten Umgebung gerissen wurden. Sie hatten durch die Trennung ihrer Eltern schon genug gelitten. Hinzu kam der Ratenkredit für eine Eigentumswohnung, die er mit Sabrina vor wenigen Jahren in Leipzig als Objekt zum Steuern sparen gekauft hatte. Regelmäßige Steuervorauszahlungen sowie Kosten für Miete und Auto sowie die ganz normalen Ausgaben kamen oben drauf.

Und auch Arian hatte seine Wünsche. So sollte Tom seinen BMW tiefer legen, einen Tuning-Chip einbauen und mit teuren Felgen versehen lassen. Auch war er der Meinung, dass das Auto mit einer modernen Musikanlage, die ordentlich Bässe lieferte, ausgestattet sein müsste. Neu eingekleidet war Arian natürlich ebenfalls. Seine Ausbildungsvergütung war in jedem Fall kleiner als seine Ideen zum Geldausgeben. Er war geübt darin, mit süßen Worten und dem Blick aus seinen tiefblauen Augen Wünsche durchzusetzen. Bei seinen Eltern brauchte er um finanzielle Unterstützung jedenfalls nicht zu betteln, die hatten ihn längst abgeschrieben und hätten ihn achtkantig rausgeschmissen. Gerade seiner alkoholkranken Mutter war nichts wichtiger als Geld.

Tom war trotz aller Sorgen, die ihn nachts oft nicht schlafen ließen, nach wie vor verliebt und verblendet. Außerdem brach sich in ihm beständig das Gefühl Bahn, in seiner Jugend etwas verpasst zu haben. Cool sein, die Sau rauslassen, Freiheit genießen, für das getunte Auto neidische Blicke ernten – Tom versuchte, seinem Freund zu genügen. Er wollte kein langweiliger Spießer sein, wusste aber als kühler Rechner genau, dass er etwas unternehmen musste, um endlich wieder ruhig schlafen zu können. In einer dieser unruhigen Nächte hatte er die zündende Idee: Als freier Journalist hatte er eine private Rentenvorsorge angespart, die inzwischen ein hübsches Sümmchen erreicht hatte. Die konnte er sich problemlos auszahlen lassen. Zwar löste sich dadurch seine Altersvorsorge in Luft auf, aber Tom wollte den Augenblick genießen und suchte den Befreiungsschlag, um endlich wieder sorgenfrei leben zu können. Die Altersvorsorge konnte er ja wieder neu aufbauen, schließlich war er dafür noch jung genug.

Kaum war das Geld auf dem Konto, flog das Paar in den Urlaub – fünf Tage New York City! Es waren traumhafte Tage voller Eindrücke. In den USA gilt man ab 21 Jahren als volljährig, erst dann steht die komplette Welt offen. Beide waren alt genug und besuchten eine Schwulendisco unweit vom Times Square. Was sie dort erlebten, ließ sie wirklich erstaunen: An der Bar mixten hübsche Männer die Cocktails, während sie lediglich knappe Shorts und eine Fliege um den Hals trugen. Auf großen Leinwänden im Hintergrund liefen harte Schwulenpornos. Auch dort galt: sehen und gesehen werden. Jeder Mann abseits vom Stammpublikum wurde beäugt, geradezu gescannt, in der Szene wird das gerne als „Fleischbeschau" bezeichnet. Tom hätte sich nicht gewundert, wenn es im Keller die berühmten Darkrooms gegeben hätte. Sehen oder gar ausprobieren wollte er sie nicht. Auch Arian war das alles zu viel, und nach nur zwei Stunden kehrten sie dem Etablissement den Rücken.

11. Alkohol

Ein paar Wochen später packten sie erneut die Koffer. Diesmal ging es an die Türkische Riviera! Bis dahin hatte Arian keinen Tropfen Alkohol angerührt. Tom war aufrichtig stolz auf ihn. Mit Arian zusammenzuleben war nicht einfach, doch beim Alkohol blieb er konsequent abstinent und schaffte das offensichtlich auch ohne Probleme. Für Tom hatte das einen großen Vorteil: Schließlich konnte er nach anfänglicher Zurückhaltung mal ein Bier trinken, wenn Arian mit am Tisch saß. Der trank in solchen Situationen meistens eine Cola oder ein alkoholfreies Bier.

Eines Abends saßen sie im Restaurant ihres All-inclusive-Hotels. Tom fragte: „Mensch, wenn du mal ein Bier trinken würdest, wäre das wirklich so schlimm? Ich finde es blöd, gemeinsam macht das viel mehr Spaß." Tom wusste zu diesem Zeitpunkt nicht, was er später erst lernen sollte: Einmal Alkoholiker, immer Alkoholiker, egal wie lange der Alkoholiker trocken ist. Sobald der Nichtraucher raucht, der Nicht-Kiffer kifft, der trockene Alkoholiker trinkt, legt sich im Gehirn ein Schalter um und lässt das Sucht-Drama von vorn beginnen. Arian hatte das in seiner Suchtklinik eingetrichtert bekommen und wusste, dass er achtsam sein musste und keinen Tropfen anrühren durfte. Doch an diesem Abend willigte er ein und trank einen kompletten halben Liter Bier. Tom schaute seinen Freund gespannt in die Augen. Beim anschließenden Gang aufs Hotelzimmer fragte er ihn noch, ob er etwas spüre, wie es ihm gehe. „Alles gut", antwortete Arian. „Ich fühle mich ein bisschen beschwingt, alles bestens." Auch am nächsten Morgen verspürte er keine Probleme. Abends blieben beide ganz bewusst abstinent. Was Tom auch immer erwartet hatte, Arian zeigte keinerlei Anzeichen dafür, dass er unbedingt Alkohol trinken musste. Tom wertete dies als gutes Zeichen und dafür, dass sein Freund die Sucht tatsächlich unter Kontrolle hatte, wenn man es nicht übertrieb. Am darauffolgenden Abend versuchten sie es erneut. „Nun hat es einmal geklappt, warum nicht auch ein zweites Mal?", sagten sie sich und tranken jeder ein Glas Bier. So hielten sie es auch nach Urlaubsende in den folgenden Wochen und Monaten. Mal tranken sie etwas gemeinsam, dann tagelang nichts.

Zu spät merkte Tom, dass es längst zu spät war.

Dabei erlebte er ohnehin schon schwierige Jahre. Die Reisen konnten nicht darüber hinwegtäuschen, dass seine Beziehung kriselte. Inzwischen litt Tom häufig unter Sodbrennen, sein Bauch äußerte sich vor allem nachts mit lautem Grummeln. Zu den Beziehungsproblemen plagte ihn das schlechte Gewissen, seine Kinder zu vernachlässigen. Nach den ersten Wochen, in denen er sich zurückgezogen und seine Situation überdacht und sein Leben sortiert hatte, konnte er später wieder auf seine Jungs zugehen, die ihren Vater sehr vermissten. Tom versuchte, Chris und Jonas alle 14 Tage zu sehen, wenigstens an den Wochenenden. Anfangs besuchte er seine Jungs dort, blieb eine Weile im Haus und unternahm stundenweise etwas mit ihnen. Später holte er sie nur noch ab und fuhr mit ihnen fürs komplette Wochenende in seine Wohnung. Dort lernten sie dann auch Arian kennen, der mit Kindern nichts anfangen konnte und in beiden Söhnen sogar eine Art Konkurrenz sah. Nur zaghaft entstand ein halbwegs freundschaftliches Verhältnis. Dabei wollte Tom so gerne eine richtige Familie!

Vor allem Chris litt unter der Trennung. Er – das Papakind – war inzwischen zehn Jahre alt und schrieb herzzerreißende Briefe. Der Kleine schilderte sein Alltagsleben auf zauberhaft kindliche Weise, und doch zeugten seine Zeilen von seiner Einsamkeit und tiefen Liebe zu seinem Vater: „Habe ich dir schon mal gesagt, dass ich dich ganz doll liebhabe? Wir haben total viele Hausaufgaben in Mathe auf." Oder: „Danke, dass du mir gestern beim Installieren mit dem Computer geholfen hast. Können wir (ich und Jonas) mal länger bei dir bleiben?" Außerdem malte er seinem Papa mehrere Bilder. Eins davon zeigte Toms Auto, es zierte über viele Jahre die Wand seiner Redaktion.

Der vier Jahre jüngere Jonas schien die Trennung seiner Eltern hingegen besser wegzustecken. Zumindest äußerlich wirkte er deutlich unbeschwerter als Chris. Manchmal stellte Tom sich vor, zurückzugehen, die letzten zwei Jahre als späte Jugendsünde abzustempeln, um seinen Kindern wieder ein guter Vater zu sein. Doch solche Gedanken, so oft sie auch kamen, verflogen schnell wieder. Tom war inzwischen klar geworden, dass er mit Sabrina nicht mehr zusammenleben wollte. Und das hatte nicht nur mit seiner sexuellen Neuorientierung zu tun. Längst war seine Liebe zu ihr erloschen. Inzwischen hatte sie sogar die Scheidung beantragt. Aus der anfänglichen Trauer waren bei ihr Wut und Hass geworden. Zu kitten gab es nichts mehr. Deshalb blieb es bei den sporadischen Besuchen der Kinder bei Tom – meist an den Wochenenden alle 14 Tage. Jeder Besuch bedeutete Kampf mit Arian, der durch die beiden Jungs seine persönliche Freiheit eingeschränkt sah. Manchmal traute sich Tom erst auf den letzten Drücker Bescheid zu sagen, dass er seine Kinder holen werde.

Abwechslung und auch ein wenig Zerstreuung brachten mit Petra und Jenny zwei Freundinnen, die sie in Erfurt kennengelernt hatten. Sie gingen gemeinsam in Diskotheken oder trafen sich zu Fernseh- und Spieleabenden. Es dauert nicht lange, da dämmerte es den beiden jungen Müttern. Sie wussten, wie sehr Tom unter der Trennung von seinen Kindern und den Vorhaltungen Arians litt, denn er hatte sich ihnen anvertraut. Petra und Jenny brachten ausnahmslos Verständnis für Toms Vatergefühle auf. Sie spürten und sahen, dass die Beziehung zwischen Tom und Arian alles andere als rund lief. Wenn sie zu dritt waren, konnte Tom sein Herz ausschütten und von Arians Eskapaden berichten. Danach fühlte er sich stets erleichtert, an der verflixten Situation änderte sich freilich nichts. Häufig redeten ihm beide Frauen ins Gewissen. Tom wusste, dass sie Recht hatten, Bauch und Verstand hatten inzwischen Klarheit gefunden, und dennoch hielt er zu seinem Freund. Petra schien zu verzweifeln und schrieb Tom mehrere Briefe, in denen sie ihre Sicht schonungslos darlegte: „Weißt Du, ich kannte mal einen Menschen, der stark, liebevoll, offen und ehrlich war. Ein Mensch, der Wärme, Freude und Persönlichkeit ausstrahlte. In den letzten Tagen und Wochen habe ich diese Charakterstärken des Menschen nicht mehr gesehen und gespürt. Ich habe das Gefühl, er denkt, er müsste seinen Freunden zeigen, dass er glücklich ist, obwohl er es nicht ist. Dieser Mensch bist Du. Du spielst mir, Jenny und vielleicht auch anderen Menschen eine glückliche Beziehung vor, die es nicht gibt." Und trotzdem klammerte sich Tom weiter an seinen Partner. Noch hatte er die Hoffnung, Arian würde nicht nur halb, sondern ganz zu ihm finden.

Doch er wurde getäuscht.

Nach seinem Vorbereitungskurs beim katholischen Sozialverein begann Arian eine dreijährige Lehre zum Bürokaufmann. Den Beruf hatte er gewählt, weil er es warm und trocken haben wollte. Da man als Bürokaufmann der deutschen Sprache halbwegs mächtig sein sollte, hatte Tom seinem Freund bei einer Privatschule einen Deutsch-Kurs organisiert und bezahlt. Zwei Mal pro Woche ging Arian nun zur Abendschule, um Rechtschreibung und Grammatik nachzuholen. Er machte schnell Fortschritte, und auch in seiner Lehre ging es voran. Tom war stolz darauf. Hatte er es vielleicht doch geschafft, Arian in ein neues Leben zu verhelfen und so die Chance auf eine erfüllte Partnerschaft zu erhalten?

Die Freude war erneut von kurzer Dauer, denn Arian ging regelmäßig fremd. Wenn Tom davon erfuhr, sei es von Bekannten oder durch unzweifelhafte Nachrichten auf seinem Handy, brach stets eine Welt für ihn zusammen. Dann stellte er Arian zur Rede, der seine Argumente wiederholte: Er suche nur Spaß, das ändere an seiner Liebe zu ihm nichts, vielleicht sei er sogar sexsüchtig. Es waren grauenvolle Wochen, die Tom an den Rand der Verzweiflung trieben. Wie kann ein Mensch nur so gemein und undankbar sein?

Hinzu kam der Alkohol. Inzwischen trank Arian jeden Tag. Mit Engelszungen redete Tom auf ihn ein, prallte damit aber komplett ab. Es war genau das eingetreten, was zwangsläufig passieren musste. Arians Alkoholkonsum nahm bedrohliche Ausmaße an. Am Silvesterabend 2005 feierten sie bei ihrer Freundin Jenny. Bier und Mixgetränke flossen in Strömen. Arian war bereits vor dem Jahreswechsel betrunken. Tom hatte sich zurückgehalten, weil er mit dem Auto noch ein paar Kilometer durch Erfurt nach Hause fahren musste. Freundlich, aber bestimmt, forderte er Arian auf, mit dem Trinken aufzuhören und erinnerte ihn an seine Sucht. Nur unter Zwang und mit Hilfe von weiteren Partygästen gelang es, Arian zum Einsteigen ins Auto zu bewegen. Unterwegs musste Tom wüste Beschimpfungen ertragen, auch zu Hause hörte Arian nicht mit Vorhaltungen auf. Dort trank er weiter. Tom verzog sich ins Bett, später setzte sich Arian sturzbetrunken ins Auto und raste durch die Stadt zurück zu Jenny. Als er zurückkam, rammte er beim Einparken den Carport auf dem Hinterhof.

12. Umzug

Tom hielt es nicht mehr aus. Er wollte weg aus Erfurt, um die dort recht lebhafte schwule Szene hinter sich zu lassen. Er wollte endlich eine ganz normale Partnerschaft und glaubte, durch den Umzug ins beschauliche Suhl könnte er die Beziehungsprobleme einfach dort zurücklassen. Wenn es keine Schwulen gab, konnte er sich auch mit niemandem treffen, so Toms Hoffnung. Außerdem musste er nicht mehr die tägliche Autobahnfahrt von Erfurt ins Suhler Studio auf sich nehmen.

Arian willigte ein. Zunächst suchten sie in Suhl eine Wohnung und wurden auch schnell fündig. Ruhig, aber noch recht zentrumsnah gelegen, richteten sie sich neu ein. Tom hoffte auf einen Neustart in der vertrauten Umgebung, wurde aber erneut enttäuscht. Grund war Arians Ausbildung, die er bis Ende des zweiten Lehrjahres in Erfurt absolvieren musste. Erst dann konnte er zur Berufsschule am neuen Wohnort wechseln. Aus dem vermeintlichen Neustart wurde so eine Wochenendbeziehung. Um nicht jeden Tag zu pendeln, nahm sich Arian in Erfurt ein möbliertes Zimmer.

Tom stürzte sich mit großem Ehrgeiz wieder in seine Arbeit als Radiojournalist. Nun konnte er morgens länger schlafen, konnte zu Fuß zur Arbeit gehen. Wochentags war er allein, erst am Freitag kam Arian nach Hause. Auch an diesen gemeinsamen Wochenenden war der Alkohol der ständige Begleiter. Arian gab sich betont lässig und trank abends nur eine Flasche Bier, damit sich Tom nicht aufregte.

An einem sonnigen Sonntagnachmittag wollte Arian plötzlich zurück in sein Pensionszimmer nach Erfurt fahren. Tom war überrascht. Bislang war er stets am Montag in den Zug gestiegen und hatte die Berufsschule stets pünktlich erreicht. Warum nun schon Sonntag? Er wolle in Ruhe ausschlafen und dann fit sein, lautete seine Begründung. Tom war traurig, doch Arian wollte nicht mit sich reden lassen. Er lief zum Bahnhof und ließ Tom alleine in der Wohnung zurück. Eine Woche später passierte dasselbe. Doch diesmal wollte es Tom genauer wissen, denn schon längst hatte sich wieder dieses mulmige Gefühl in der Magengegend eingestellt, das ihm erfahrungsgemäß signalisierte, dass irgendetwas nicht stimmte. Kurz nachdem Arian losgelaufen war, setzte er sich ins Auto und fuhr hinterher. Am Bahnhof sah er seine Befürchtung bestätigt. Arian hatte sich eine Flasche Bier gekauft. Er beobachtete ihn vorsichtig, um nicht gesehen zu werden. Er hatte nicht den Mut ihn anzusprechen. Er wollte nicht schon wieder diese fruchtlosen Diskussionen mit seinem Freund, der ihm sowieso erklären würde, dass er seine Alkoholsucht unter Kontrolle habe. Das Gegenteil war der Fall.

Tom war einmal mehr bestürzt und verzweifelt zugleich. Er lief zu seinem Studio in der alten Villa. Sie hatte einen Balkon, auf dem er direkt zum Stadtpark blicken konnte, der Ruhe und Idylle ausstrahlte. Schon oft hatte er dort oben gestanden, wenn er nicht weiterwusste. So auch an diesem Sonntag. Er schloss die Augen, atmete tief durch, hörte die Vögel zwitschern und dachte über sich nach. Er hatte seine Frau verlassen, seine Kinder sah er nur am Wochenende, sein Freund war ein Säufer und vögelte sich fremd durchs Leben. Womit hatte er das verdient? Wieso war er so blöd und ließ sich von Arian an der Nase herumführen? Hatte er Angst, alleine dazustehen? Als schwuler Mann galt man ab 40 als alter Sack und war auf dem Markt nichts mehr wert. Jugend schlägt alles – Erfahrung ebenso wie einen knackigen Hintern und einen großen Schwanz. Arian war 13 Jahre jünger und nach wie vor eine ansehnliche Erscheinung. Sollte Tom weiter um ihn kämpfen, obwohl ihm klar war, dass Druck immer Gegendruck erzeugt und Liebe nicht zu erzwingen ist? Oder sollte er besser alleine bleiben? Doch gerade vor dem Alleinsein hatte er Angst. Tom sah sich als 70 Jahre alter Mann in einem Fernsehsessel, völlig vereinsamt und verlassen, vergessen selbst von seinen längst erwachsenen Söhnen. Er war am Boden zerstört, denn er hatte sein Leben verpfuscht.

13. Ronny

Wie also aus diesem Tal rauskommen? Auch wenn es schmerzhaft werden würde, er musste diese Beziehung zu Arian beenden! Nur so hatte er überhaupt eine Chance, irgendwann neu anzufangen und nicht dahinzuvegetieren. Vielleicht würde es ihm sogar recht leichtfallen, Arian in den Wind zu schießen. Vor wenigen Tagen hatte Tom für seinen Radiosender über ein Bundesliga-Heimspiel der Suhler Handballer berichtet und war dabei einem jungen Fan begegnet. Er hieß Ronny, war 26 Jahre alt und mitten in einem Ingenieurstudium. Sie hatten sich ganz nett unterhalten, vor allem über den Sport und Toms Radiojob, für den sich Ronny sehr interessierte. Beide hatten sich gut verstanden, wussten voneinander, dass sie auf Männer standen und tauschten – ohne Hintergedanken – ihre Handynummern aus.

An diesem Sonntagabend, als Tom mal wieder im Tal der Tränen hockte und von Arian die Nase voll hatte, erinnerte er sich an seine Begegnung mit Ronny. Vielleicht sollte er ihn fragen, ob er Zeit hat? Zumindest könnte ein Treffen ein wenig Zerstreuung bringen, so dass er nicht ständig an seine desolate Beziehung denken musste. Tom schrieb eine SMS, und tatsächlich sagte Ronny zu. Er war zu einem Treffen noch am selben Abend bereit. Er wohnte außerhalb von Suhl und hatte kein Auto. Also setzte sich Tom ans Steuer und stand nach 20 Minuten vor Ronnys Wohnblock, klingelte und wurde von ihm freundlich empfangen. Ronny war nicht allein. In seiner spartanisch eingerichteten Studentenbude saßen seine beste Freundin und ein Pärchen und spielten irgendein Gesellschaftsspiel. Tom hatte dafür zwar überhaupt keinen Nerv, fügte sich aber seinem Schicksal, um kein Spaßverderber zu sein.

Er war heilfroh, als sich die Kommilitonen verabschiedeten. Anschließend saßen beide nebeneinander auf dem Sofa, jeder noch eine Flasche Bier vor sich auf dem Tisch. Tom konnte nicht anders und begann, sich seinen Frust von der Seele zu reden. Er berichtete von Arian, dessen Eskapaden, die Alkoholsucht und seine erfolglosen Versuche, diese Beziehung der beiden ungleichen Typen irgendwie ins Gleichgewicht zu bringen. Ronny hörte geduldig zu und schüttelte zwischendurch ungläubig seinen Kopf. Schließlich schaute er Tom tief in die Augen: „Du bist so ein toller, hübscher Mann, warum tust du dir das an? Schieß ihn in den Wind!“, so lautete sein knappes wie entwaffnendes Fazit. Tom konnte nichts darauf erwidern, hatte Ronny doch das ausgesprochen, was er längst fühlte und was er ohnehin in Angriff nehmen wollte. Es tat gut, von außerhalb bestärkt zu werden und die Bestätigung zu bekommen. Tom lächelte und schämte sich, weil plötzlich seine Augen feucht wurden. Er spürte ein Ziehen in der Leistengegend, sein rechtes Bein begann zu zittern. Ronny hatte Tom aufmerksam beobachtet, nahm ihn in den Arm und küsste ihn. Erst sanft auf die Lippen, dann etwas fester. Schließlich öffnete er seinen Mund und lud Toms Zunge ein. Der Atem der beiden Männer ging schneller. Dann stand Ronny auf, ergriff Toms Hand und zog ihn hinter sich her ins Schlafzimmer. Dort zogen sie sich langsam aus und küssten sich im Stehen weiter. Wenige Augenblicke später ließen sie sich aufs Bett fallen. Dabei sprachen sie kein Wort.

Ronny war scheinbar geübt, denn er überraschte Tom, indem er sich scheinbar mühelos und ohne jeden Schmerz auf dessen erigierten und ansehnlich großen Penis saß. Er nahm ihn bis zum Anschlag auf. Dann beugte er sich ein Stück nach hinten, stöhnte hörbar auf und begann, seinen eigenen Penis zu reiben. Ronny hatte ein Gefühl dafür, wie weit Tom war und hob sein Becken nur so hoch und schnell, um Toms Orgasmus gerade noch zu vermeiden. Als auch er so weit war, ließ er es geschehen. Beide kamen gleichzeitig. Tom entlud sich in Ronny, dessen Sperma spritzte mit heftigem Druck auf Toms Körper. Diesmal ekelte er sich nicht, sondern genoss den Zauber des Augenblicks. Danach lagen sich beide in den Armen und schenkten sich mit keuchendem Atem noch einmal innige Küsse. Tom fühlte sich wie im siebten Himmel. Schon lange hatte er keinen solchen Höhepunkt erlebt. Mit einem wunderbaren Gefühl der Leichtigkeit fuhr er nach Hause, allerdings auch mit dem dumpfen Bewusstsein, dass sein Problem mit Arian damit noch nicht gelöst war.

In der Woche danach trafen sich Ronny und Tom jeden Tag. Einmal gingen sie in den Studentenklub, die meiste Zeit verbrachten sie aber in Ronnys Wohnung, kochten gemeinsam, hörten Musik, unterhielten sich und schliefen miteinander. Ronny schien Tom regelrecht zu vergöttern und machte ihm kleine Geschenke und viele Komplimente. Tom hingegen durchlebte ein Gefühlschaos. Worte wie Liebe und Beziehung konnte er nicht in den Mund nehmen. Irgendetwas fehlte ihm zum vollkommenen Glück, er konnte aber nicht identifizieren, was es war. Keine Frage, er mochte Ronny, aber spürte er wirklich Liebe? Tom war sich nicht sicher, wischte die Gedanken weg und konzentrierte sich auf das bevorstehende Wochenende. Denn ganz unabhängig davon, ob er mit Ronny eine gemeinsame Zukunft haben würde, er wollte sich endlich von Arian trennen.

Der war wie gewohnt Freitagnachmittag mit dem Zug nach Suhl gekommen. Tom hatte ihn vom Bahnhof abgeholt, sagte aber erst einmal nichts. Er wollte ihm später mit behutsamen Worten das Ende ihrer Beziehung offerieren. Er rechnete mit dramatischen Stunden und damit, dass Arian ihn darum betteln würde, sich das alles noch mal zu überlegen. Später saßen beide auf dem Sofa, als Arian aufs Handy schaute und wie aus dem Nichts in Tränen ausbrach. Mit weinerlicher Stimme erklärte er Tom, dass er sich frisch verliebt habe, sein neuer Schatz warte unten vor der Haustür, er wolle jetzt gehen, es tue ihm sehr leid. Tom hatte das Gefühl, als hätte ihm jemand mit der flachen Hand ins Gesicht geschlagen. Wutentbrannt schrie er Arian an, dann solle er doch zu seinem neuen Freund ziehen, müsse sofort seine Klamotten packen und abhauen. Arian, inzwischen längst angetrunken, wechselte in den Angriffsmodus und giftete zurück, die Wohnung gehöre auch ihm, er lasse sich nicht einfach so rausschmeißen, er werde einen Anwalt einschalten. Tom lachte ihn aus und rief zurück, die Kontoauszüge zeigten sehr deutlich, wer die Miete zahle und die Möbel gekauft habe. Dass ein paar Nachbarn Zeugen der lautstarken Auseinandersetzung wurden, war ihm in diesem Augenblick vollkommen egal. Fluchend zog Arian mit seiner neuen Eroberung von dannen – einem kiffenden, Solarium gebräunten 19-Jährigen mit blondierten Haaren aus einem Dorf im Thüringer Wald. Genau der richtige Umgang für einen Mann, der wegen Drogen und Alkohol im Krankenhaus gelandet war, dachte Tom sarkastisch. Der Teenager hieß Ricardo, war nicht geoutet und wohnte noch bei seinen Eltern, deshalb hatten beide keine Bleibe. Die Nacht verbrachten sie stockbetrunken im Vorraum einer Bankfiliale, den Tag darauf verbrachten sie in Arians Pensionszimmer in Erfurt. Tom hingegen öffnete eine Flasche Rotwein und trank sie bis auf den letzten Tropfen aus. Er wollte diese Mischung aus Wut und Kummer irgendwie bekämpfen.

In der nächsten Woche hatte er mehrere dienstliche Abendtermine, so dass er nicht zu Ronny fahren konnte. Selbstverständlich hatte er ihm von der Trennung berichtet, und Ronny sah sich in seinen Worten bestätigt. Auch Arian fühlte sich nun stark und kämpferisch. Am Samstagnachmittag aber war er wie vom Donner gerührt, als es an der Wohnungstür klingelte und er plötzlich Arian und seinem Ricardo gegenüberstand. Beide Gestalten gaben einen jämmerlichen Anblick ab, sahen abgekämpft und übermüdet aus. Toms Wut über die plötzliche Trennung hatte sich etwas gelegt, also ließ er sie in seine Wohnung. Er fragte Arian, wie er sich seine Zukunft vorstelle, wie es jetzt weitergehen solle. Arian zuckte mit den Schultern, er wisse es selber noch nicht, aber er liebe Ricardo. Der saß die ganze Zeit stumm daneben. Schließlich ließ sich Tom dazu hinreißen, beide Männer in sein Auto einsteigen zu lassen und Ricardo in sein Dorf in den Thüringer Bergen zu fahren, weil er nach Hause musste und längst kein Bus mehr fuhr. Arian schlief in der Nacht auf dem Sofa, am Sonntag fuhr er mit der Bahn wieder in seine Pension.

Tom wusste nicht, wo ihm der Kopf stand. Im Prinzip war seine Beziehung beendet, und gerne wäre er Arian losgeworden, weil er die Nase gestrichen voll hatte von dessen Lügen und vor allem vom Fremdgehen. Außerdem hatte der sowieso Schluss gemacht. Aber irgendetwas war noch in ihm, das ihn zu Arian zog. Fast pausenlos forschte er sein Innerstes durch, wollte aber keine Erklärung finden. Warum konnte er diesen Typen nicht einfach abhaken? Zum Glück hatte er Ronny. Mit ihm konnte er sich sorgenfrei vergnügen, ohne Angst um Alkoholsucht oder andere Männer haben zu müssen. Ronny war ein kluger Bursche, und das gefiel Tom. Wenn er bei ihm war, hatte er einen freien Kopf und konnte er selbst sein – ein Mann im besten Alter, vielseitig interessiert und erfolgreich in seinem Job. Und das Beste: Ronny liebte Kinder. Tom hatte ihm von seinen beiden Söhnen erzählt, doch vermied er es bislang, ihn mit seinen Kindern zusammenzubringen. Er wollte Chris und Jonas nicht noch mehr verwirren. Beide hatten es ohnehin schwer: Chris ging bereits aufs Gymnasium. Längst hatte sich dort herumgesprochen, dass sein Vater die Familie verlassen hatte und nun mit einem Mann zusammenlebte. Der Junge erlebte an jedem Schultag, wie grausam Kinder sein können. Oft wurde er stellvertretend für seinen Vater als Schwuler beschimpft, mitunter musste er sich auch körperlicher Gewalt erwehren. Tom bekam davon nicht viel mit. Wenn er dann doch mal davon hörte, war er am Boden zerstört, empfand eine unendliche Leere und Machtlosigkeit, vor allem aber empfand er Schuld und Trauer. Schuld, weil er sich für die Probleme seines Sohnes verantwortlich fühlte. Trauer, weil er keinen Ausweg sah. Jonas sollte später dasselbe Leid durchmachen. Tom wollte seinen Kindern erst dann von Ronny erzählen, wenn er seine Gefühle geordnet und sein Leben in ruhigere Bahnen gelenkt hatte.

Arian war in einen neuen Typen verliebt, Tom wurde von Ronny regelrecht umgarnt. Der Student hatte ihm inzwischen seine Liebe gestanden, Tom fühlte sich sehr geschmeichelt. So gesehen schien sein Leben nach Jahren voller Schmerz und Enttäuschung endlich in glücklichere Zeiten einzuschwenken. Und doch fehlte etwas: Es war das Gefühl der Liebe. Sie lässt sich nun mal nicht erzwingen. Ronny war hübsch, sexy und intelligent. Aber Tom entzündete sich nicht an ihm. Lag es daran, dass er mit Arian noch nicht abgeschlossen hatte oder war er gar nicht mehr in der Lage, sich auf einen anderen Menschen einzulassen? Ende 2005, unter der festlich beleuchteten Tanne auf dem Suhler Weihnachtsmarkt, zog Tom den Schlussstrich unter seine Liebelei mit Ronny. Der junge Student war sichtlich am Boden zerstört, aber klug genug, Toms Entscheidung zu akzeptieren.

Tom war wieder allein.

14. Alkoholentzug

Er konnte es sich nicht erklären, aber spürte, dass er von Arian einfach nicht loskam. Zwar sahen sie sich nun nicht mehr und hatten auch übers Handy mitunter tagelang keinen Kontakt, doch vergessen konnte Tom Arian nicht. Er stürzte sich in seine Arbeit, doch was er auch tat, tief im Hinterstübchen blieb sein Freund, für den er so viel empfunden hatte und immer noch empfand, weiter präsent. Sporadisch hielt er noch Kontakt zu Arians Eltern, die zu diesem Zeitpunkt noch nichts von der Trennung wussten. Für Toms Beziehungsproblem wären sie sowieso die falschen Ansprechpartner gewesen, denn sie lebten in ihrer eigenen Welt zwischen Job und Alkohol. Mit ihren eigenen Süchten waren sie bei der Erziehung ihres Sohnes hoffnungslos überfordert gewesen. Sie wollten in Ruhe gelassen werden und wollten erst recht nichts Negatives über ihren Sohn hören. Besonders Arians Mutter war froh, dass er bei Tom in sicheren Händen war, vor allem in finanzieller Hinsicht, damit sie ihr Geld behalten und versaufen konnte.

Eines Nachmittags im Januar 2006 erhielt Tom einen überraschenden Anruf. Am Telefon war eine Freundin Arians, die mit ihm zur Berufsschule ging. Sie erzählte aufgeregt, Arian brauche dringend Hilfe, Tom müsse sich unbedingt um ihn kümmern, schließlich sei er doch nach wie vor sein Freund. Tom rief ihn an und fragte, was los sei. Arian erzählte mit brüchiger Stimme, wie schlecht es ihm gehe, dass der Alkohol ihn kaputt mache, dass er alleine nicht klarkomme. Und mit Ricardo sei auch Schluss. Was war da los?

Tom rief bei Arians Mutter an und erzählte ihr alles. Er bat sie, gemeinsam ihren Sohn abzuholen. Er hatte nicht die Energie dafür, diesen Kraftakt alleine zu bewältigen, der ihn da vermutlich erwartete. Sie willigte ein. Wenige Stunden später fuhren sie los. Auf der Fahrt von Suhl nach Erfurt sprach sie erstaunlich offen über ihre eigene Alkoholsucht. „Vielleicht müssten mein Ex-Mann und ich auch mal einen Entzug machen, aber der will ja nicht“, sagte sie. Damit hatte sie zwar ihre Sucht eingestanden, machte aber zugleich ihren Ex-Mann für ihr persönliches Leid verantwortlich, obwohl beide seit Jahren in getrennten Wohnungen in verschiedenen Orten lebten. Ihre Denkweise hatte sie offenbar an ihren Sohn vererbt. Auch Arian machte für alles Schlechte stets andere Menschen verantwortlich. Er selber trug niemals für irgendetwas irgendeine Schuld.

Die Mutter erzählte über die Kindheit und Jugend ihres Sohnes und machte ihm schwere Vorwürfe. Als Teenager habe Arian seine Eltern häufig beklaut und belogen, und wenn er seinen Willen nicht durchsetzen konnte, habe er sogar mit Gewalt gedroht. Tom hörte nur zu, um die ohnehin bedrückende und angespannte Stimmung nicht zusätzlich zu belasten. Gerne hätte er ihr ins Gesicht geschrien, dass sie die Verantwortung für ihr Kind trug. Schließlich hatten die Eltern den täglichen Alkoholkonsum vorgelebt und ihren Sohn schon im Kindesalter vernachlässigt. Als es zu spät und Arian der Alkohol- und Drogensucht verfallen war, hatten sie sich von ihm einfach losgesagt. So entledigten sie sich eines Problems, das es ohne sie vermutlich nicht gegeben hätte.

Mit einem Gefühl der Beklemmung und der Ungewissheit bog Tom in die Straße zu Arians Pension ein. Er wartete bereits, schien aber überraschend gefasst zu sein. Alle drei gingen nach oben und räumten aus. Als Tom den Kleiderschrank öffnete, kamen ihm Plastikbeutel mit mehreren leeren Flaschen entgegen. Im Mülleimer lagen zahlreiche benutzte Kondome. Damit war klar, wie Arian die meiste Zeit verbracht hatte. Tom hätte schreien und heulen können. Sein Magen verkrampfte sich bei der Vorstellung, was sein Freund, mit dem er sich nach wie vor verbunden fühlte, in diesem Zimmer getrieben hatte.

Auch seine Mutter war schockiert, doch ließen es sich beide nicht anmerken. Und wenn, hätte es Arian sowieso nicht weiter mitbekommen. Schließlich hatte er bereits ordentlich Alkohol getankt. Sie dachten pragmatisch, warfen den kompletten Unrat in eine Mülltonne, verabschiedeten sich von der freundlichen Vermieterin, setzten Arian ins Auto und fuhren zurück Richtung Suhl. Unterwegs öffnete Arian eine Flasche Bier. Seine Mutter schaute entrüstet zu und hob an, um ihm den Alkohol zu verbieten. Tom beschwichtigte sie: Arian war sowieso besoffen, er war wieder voll auf der Droge Alkohol, da machte diese eine Flasche Bier auch nichts mehr aus.

In Tom flammten die Liebesgefühle neu auf. Oder unterlag er wieder nur seinem Hilfssyndrom? Jedenfalls mochte er Arian nicht einfach seinem Schicksal überlassen, das hätte er mit seinem Gewissen nicht vereinbaren können. Tom war klar, dass Arian in eine Entzugsklinik musste. Eine andere Chance gab es nicht. Noch auf der Heimfahrt erklärte Tom, wie wichtig es jetzt sei, diesen Entzug zu machen, damit er endlich wieder auf die Beine komme. Arian willigte ein.

Zu Hause angekommen, weigerte er sich plötzlich mit Händen und Füßen. Er warf sich aufs Bett und meinte, er könne den Entzug auch zu Hause durchziehen. Tom verneinte rigoros, weil er wusste, dass die gesamte Last auf seinen Schultern gelegen hätte. Außerdem war er kein Mediziner. Nach schier endloser Diskussion gab Arian seinen Widerstand auf. Zunächst fuhren die Drei zur Notaufnahme des Suhler Klinikums. Dort nahm Tom das Zepter in die Hand und erzählte der diensthabenden Ärztin in knappen Worten das Problem. Sie zögerte. Offenbar sah sie in Arian lediglich einen der vielen Säufer, mit denen sie es in ihrer tagtäglichen Arbeit zu tun hatte. Arian war 26, hatte sein wirkliches Leben noch vor sich, er hatte schon einmal erfolgreich dem Alkohol entsagt, jetzt war er stärker und klüger und würde den Entzug erneut schaffen, versuchte Tom die Ärztin zu überzeugen. Schließlich nahm sie den Telefonhörer in die Hand und rief in der 35 Kilometer entfernten Entzugsklinik in Hildburghausen an.

Zum Glück war in der geschlossenen Station der Psychiatrischen Klinik noch ein Bett frei. Tom nahm den Überweisungsschein entgegen, ohne den er in der Klinik nichts hätte ausrichten können. Dankbar verließen sie die Notaufnahme. Inzwischen neigte sich der Tag dem Ende, es war neblig und kalt. Arians Mutter verabschiedete sich nach Hause, sie konnte nichts mehr tun. Die beiden Männer fuhren in die Psychiatrie und wurden freundlich zur geschlossenen Station geführt. Dort reihten sich die Patientenzimmer um ein rundes Atrium. Außerdem gab es einen Aufenthalts- und einen Raucherraum sowie den mit Panzerglas gesicherten Bereich für das medizinische Personal. Tom stellte sich und Arian vor, schilderte noch einmal Arians Suchtgeschichte und legte die ärztlichen Berichte vorangegangener Klinikaufenthalte auf den Tisch.

Plötzlich fuhr ihm Arian in die Parade. Er wolle erst einmal eine rauchen, eher er auf sein Zimmer gehe, sagte er in einem Ton, der keinen Widerspruch zuließ. Die Nachtschwester verneinte rigoros. Auf der Station gebe es klare Regeln als Bestandteil der Therapie. Nach 22 Uhr dürfe nicht mehr geraucht werden. Arian erwiderte daraufhin, dann werde er jetzt gehen. Die Schwester zuckte emotionslos mit den Schultern und sagte, Arian sei ein erwachsener Mann, er sei freiwillig hier und werde nicht gegen seinen Willen festgehalten. Es stehe ihm frei zu gehen. Arian nahm seine Tasche und hatte bereits den Ausgang im Visier. Tom war der Verzweiflung nahe. Jetzt war er kurz vor dem Ziel, seinem Freund den Alkoholentzug unter medizinischer Aufsicht zu verschaffen, und dann sollte alles an einer einzigen blöden Zigarette scheitern? Er ließ sich auf die Knie fallen und flehte die Krankenschwester mit Engelszungen an, sie solle doch bitte eine Ausnahme machen und Arian eine Zigarette erlauben. Nach einigem Zögern willigte sie ein. Arian rauchte, dann verabschiedete er sich kurz von Tom und verschwand in seinem Zimmer, ohne ein nettes Wort zu sagen.

Tom verließ die Klinik, setzte sich auf eine Bank im Park und sackte in sich zusammen. Was war das für ein Tag! Warum verdammt kümmerte er sich überhaupt um Arian, der ihn mehrfach betrogen hatte und nicht ein einziges Mal auch nur ein Fünkchen Dankbarkeit zeigte? Was war das überhaupt für ein Leben, das er führte? Wie lange würde er diese innere Anspannung noch aushalten, die ihn seit Jahren zu zerfressen drohte und buchstäblich an ihm nagte?

Erneut fand Tom keine Antworten, sondern wollte erst einmal helfen, denn er fühlte sich für Arian weiter verantwortlich. Schließlich hatte er ihn damals im Urlaub animiert, zum Bierglas zu greifen. Häufig holte er sich diese Szene vor sein geistiges Auge und lieferte sich so die Motivation, nun alles Notwendige für Arian zu tun. So fuhr er am nächsten Tag wieder in die Klinik und fand einen völlig anderen Arian vor. Der Alkohol hatte seinen Körper inzwischen verlassen, im Kopf hatte sich der Nebel verzogen. Die Ärzte hatten bei seiner Einlieferung Blut abgenommen und 2,2 Promille gemessen. An das Geschehen vom Vortag erinnerte sich Arian nur noch schemenhaft. Als Tom ihm alles erzählte, schämte sich Arian dafür.

Zwei Wochen musste er in der geschlossenen Abteilung bleiben, Tom besuchte ihn jeden Tag. Die freie Zeit ohne Arian nutzte er zum Nachdenken und genoss es, frei und ohne Ängste zu leben. Schließlich konnte Arian in der Klinik nicht fremdgehen. In seiner Redaktion machte eine junge Frau gerade ein Praktikum, mit der er sich schnell anfreundete. Sie war frisch verliebt und trug sich mit dem Gedanken herum, eine Familie zu gründen. Tom beneidete sie um ihre Partnerschaft, weil Eifersucht und Fremdgehen dort keine Themen waren. Und so machte er sich die Welt, wie sie ihm gefallen hätte und log der Praktikantin eine heile, schwule Beziehung vor. Er schwärmte von seinem Freund und der tiefen Liebe, die sie füreinander empfänden und genoss das Gefühl seiner schönen Traumwelt, wenn er davon erzählte.

15. Rückkehr

Arian wurde aus der Psychiatrischen Klinik entlassen. Körperlich galt er als geheilt. Beim abschließenden Gespräch wies der Arzt eindringlich darauf hin, dass der schwierigere Teil des Entzugs nun aber erst komme. Er empfahl Arian, sich einer Selbsthilfegruppe Anonymer Alkoholiker anzuschließen und riet ihm außerdem zu einer Psychotherapie. Damit sprach er Tom aus der Seele. Es musste schließlich Ursachen für seine Süchte geben, und die konnte nur ein Profi aufspüren und bearbeiten. Außerdem waren seine Angstpsychosen zurückgekommen. Arian wurde schwindlig, wenn er unter Leuten war. Er schlief schlecht und reagierte schroff und aufbrausend, wenn ihm etwas gegen den Strich ging. Oft verhielt er sich wie ein trotziges Kind. Dennoch: Er hatte sich vorgenommen, nun noch einmal durchzustarten. Aktiv etwas dafür tun wollte er allerdings nicht. Kaum waren Tom und Arian im Alltag zurück, stellte er klar, er werde nicht zu den Anonymen Alkoholikern gehen, da säßen doch nur Asoziale, und er sei ja wohl nicht so einer. Auch einen Psychologen lehnte er rundweg ab. Was sollte er dem erzählen? Und was könnte der schon machen? Er habe nach seinem ersten Entzug mehrere Psychologen und Psychiater gehabt, für ihn seien die Besuche nichts als Zeitverschwendung gewesen, so Arian.

Tom war überrascht und wütend zugleich. Alle Welt kümmerte sich um Arian, öffnete Türen, zeigte Wege auf, doch er selbst lehnte es ab, endlich mal seinen Arsch zu bewegen und tätig zu werden. Zwar hatte er hoch und heilig versprochen, dem Alkohol ein für allemal abzuschwören. Aber war das wirklich so einfach, wie er sich das vorstellte?

Den Alkohol mied er tatsächlich. Sein Rückfall und der erneute Entzug hatten ihm unzweifelhaft vor Augen geführt, wie schnell er ganz unten landen konnte. Beide sahen das als Basis, um auch die Beziehung neu zu beginnen. Tom wusste nicht, was Arian für ihn empfand, zumindest aber schwor er Treue. Sollte sich Toms Wunsch nach einer liebevollen und erfüllten Partnerschaft mit Arian doch noch erfüllen? Noch lange Zeit später erinnerte sich Tom an das wundervolle Gefühl, als er nach Arians Entlassung erstmals wieder seinen Penis im Mund hatte, der ihm zuvor so sehr vertraut gewesen war. So etwas musste doch ein Zeichen sein!

Tatsächlich begann eine neue Etappe. Ihre Erfurter Freundinnen Petra und Jenny, zu denen sie nach dem Umzug nach Suhl noch immer einen engen Kontakt pflegten, hatten einen bedeutenden Anteil daran. Sie trafen sich mit ihnen in einer Gaststätte zum Abendessen. Offen sprachen sie über alles, was in der jüngsten Zeit vorgefallen war. Vieles wussten die beiden Frauen ohnehin vom Buschfunk oder hatten es von Tom erfahren. Er sprach an diesem Abend voller Wehmut von seinem wunderbaren Haus, für das er weiterhin jeden Monat die Kreditrate zahlte. Petra sagte den wichtigsten Satz dieses Abends: „Warum ziehst du nicht wieder ein?"

Tom durchfuhr ein wohliger Schauer. Die Aussicht, wieder in sein Haus zu ziehen, in das er nicht nur viel Geld, sondern auch jede Menge Schweiß und Herzblut investiert hatte, ließ in ihm neuen Ehrgeiz erwachen. Er musste Sabrina unbedingt den Auszug schmackhaft machen! Es gelang ihm überraschend einfach, indem er ihr vorschlug, dass er die kompletten Kreditfinanzierungen für das Haus und die Eigentumswohnung übernehmen würde. Dafür käme sie aus den Grundbüchern, wäre komplett schuldenfrei und könne so ein neues Leben beginnen. Sabrina willigte ohne große Diskussion ein und zog aus dem Haus aus. Den beiden

Jungs schien das weniger auszumachen als erwartet. Zwei Dörfer weiter richtete sich Sabrina in einer Drei-Raum-Mietwohnung neu ein.

Im Juni 2006, fünf Jahre nach seinem Auszug, kehrte Tom dorthin zurück, wo sein Herz hing: in die eigenen vier Wände. Er hatte dieses Anwesen mit seiner traumhaften Lage unweit eines Naturschutzgebietes immer geliebt. Dort war es ruhig und dennoch nicht weit zur Autobahn, deren Bau in den letzten Zügen lag. In wenigen Monaten sollte sie freigegeben werden. In Schleusingen begannen sie nun das große Aufräumen. Weil Sabrina überfordert gewesen war, hatten das Haus und vor allem das Grundstück stark gelitten. Das neu verliebte Paar stürzte sich in die neue Aufgabe.

Arian hatte nach seinem Alkoholentzug die Berufsschule in Erfurt verlassen und das dritte Jahr in Suhl absolviert. Tom hatte das zur Bedingung gemacht, denn er wollte verhindern, dass Arian in Erfurt in alte Muster verfiel. Zudem hatte er keine Lust mehr auf eine Wochenendbeziehung. Seinen Abschluss schaffte Arian mit mäßigem Erfolg. Einen Job als Bürokaufmann fand er aber nicht. In dieser Zeit ging es in Deutschland mit der Wirtschaft steil bergab, Bürojobs waren Mangelware, Hartz IV war seit anderthalb Jahren in Kraft. Die wirtschaftliche Talfahrt endete schließlich mit der weltweiten Finanzkrise, die sogar die Euro-Zone in ernste Gefahr brachte. Arian war arbeitslos und bekam Sozialhilfe, weil sich Tom aufgrund der hohen Kreditraten für Haus und Wohnung arm rechnen konnte. Arian bereicherte das gemeinsame Einkommen um wenige hundert Euro.

Tom ärgerte sich, dass er die große finanzielle Last auch weiterhin fast alleine schultern musste. Wenigstens aber hatte Arian genügend Zeit, im Haus und auf dem Grundstück zu arbeiten. Sie machten zunächst das komplette Haus sauber, einige Zimmer renovierten sie. Dann ging es an die Außenanlagen. Sie bauten Treppen, pflasterten Wege, schufen Beete, erneuerten den Rasen. Arian war voller Tatendrang und nahm das Anwesen als sein eigenes an. Auch schwere körperliche Arbeit war für ihn kein Problem. Beide Männer erlebten die schönste Phase ihrer Beziehung. Ihr Leben hatte neuen Inhalt bekommen. Tom arbeitete darüber hinaus unermüdlich beim Radio, um genügend Geld für alle Ausgaben zu verdienen. Arian musste für nichts Verantwortung übernehmen, aber kümmerte sich streckenweise rührig um Haus, Hof und Garten.

Eines ihrer Bauprojekte war es, einen Weg auf dem Grundstück zu pflastern. Ein älterer Mann, der jahrelang auf dem Bau gearbeitet hatte und sich damit auskannte, sollte ihnen dabei helfen. Doch bevor er pflastern konnte, musste tief genug ausgeschachtet werden, um Schotter als Frostschutz einzubringen. Also trugen sie mit Spitzhacke und Schaufel die Erde ab, warfen sie auf die Schubkarre und fuhren die Ladung eine Anhöhe hinauf auf einen benachbarten Acker. Es war eine kraftraubende Arbeit, die beide meist gemeinsam erledigten. Nur wenn Tom seinem Job nachging, sollte Arian Stück für Stück alleine weiterbuddeln. Als Tom eines Tages pünktlich von der Arbeit kam, schwang Arian in der Mittagshitze voller Energie Spitzhacke und Schaufel. Doch im Vergleich zum Vorabend war er keinen halben Meter vorwärtsgekommen. Tom sprach ihn darauf an. Arian äußerte sich erbost, er könne doch nicht hexen. Tom indes hatte sofort eine seiner bösen Vorahnungen und sah sich sogleich bestätigt. Arian war auf dem Computer erneut in schwulen Dating-Portalen unterwegs gewesen. Dort hatte er Stunden verbracht, so dass keine Zeit mehr fürs Buddeln blieb.

Einmal mehr führen beide eine Diskussion, wie sie so oder so ähnlich schon unzählige Male abgelaufen war. Tom machte Arian Vorwürfe, Arian wiegelte ab, Tom zog sich in die Schmollecke zurück, weil er wütend und enttäuscht war. Stundenlang ignorierte er Arian und sprach kein Wort mit ihm. Dann kam Arian auf ihn zu, umarmte ihn, versprach hoch und heilig, das nie wieder zu tun. Tom brauchte dann meist noch einige Stunden, um über die erneute Enttäuschung hinwegzukommen und konnte erst dann Arian in den Arm nehmen und ihm verzeihen. Doch jeder Vorfall brannte sich in seine Psyche ein und hinterließ unsichtbare, aber ewige Narben.

Im folgenden Frühjahr trat Arian einen Ein-Euro-Job an. Möglich wurde das durch ein Förderprogramm der Arbeitsagentur, um Langzeitarbeitslose und Hartz-IV-Empfänger zurück ins normale Arbeitsleben zu bringen. Das Geld bekam Arian von der Arbeitsagentur, eingesetzt war er im Bauhof der Stadt. Die meiste Zeit verbrachte er im Schwimmbad, mähte dort den Rasen, machte die Becken sauber und stutzte die Hecken. Die Arbeit machte ihm Spaß, auch wenn der Verdienst äußerst mager war. Zumindest aber hatte er zu tun und hatte keine Zeit, in schwulen Chats sein Unwesen zu treiben, beruhigte sich Tom.

16. Chris

Inzwischen war sein größter Sohn 14 Jahre alt geworden. Damit durfte Chris selber entscheiden, wo er in Zukunft leben möchte – bei seiner Mutter oder seinem Vater. Chris kam sich bei Sabrina oft ungeliebt vor. Er registrierte mit den Antennen eines Kindes, dass sie ihrem zweiten Sohn Jonas mehr Aufmerksamkeit und Zuwendung schenkte. Chris hingegen war und blieb, was man ein Papa-Kind nennt. Wann immer er konnte, hatte er nach der Trennung seiner Eltern die Wochenenden bei Tom verbracht. Anfangs noch hatten beide Kinder ihren Vater besucht, später verzichtete Jonas weitgehend darauf. Er war ein Mama-Kind.

Also zog Chris zu seinem Vater. Der Junge freute sich auf das Haus, in dem er seine halbe Kindheit verbracht hatte. Außerdem konnte er zum Gymnasium laufen und war nicht wie bisher auf den Schulbus angewiesen. Für Tom hatte der Einzug seines größeren Sohnes einen angenehmen Nebeneffekt: Da beide Kinder ab sofort bei jeweils einem Elternteil wohnten, musste Tom keinen Unterhalt mehr zahlen, weil der sich gewissermaßen aufhob. Zumindest finanziell konnte Tom wieder ein wenig durchatmen.

Er liebte seinen Sohn und träumte von einer erfüllten Partnerschaft und von einer kleinen, glücklichen und besonderen Familie. Zu Arian hatte Chris ein durchwachsenes Verhältnis aufgebaut. Es gab Tage, da gaben sich beide als verschworene Einheit, an anderen Tagen gifteten sie sich an. Chris war ein hochintelligenter Junge, der viel nachdachte und hinterfragte. Oft sinnierte er vor sich hin oder tauchte in ein Projekt ein. So hatte er sich intensiv mit dem Aufbau von Computern beschäftigt, später begann er, selber zu programmieren. Nach einigen Monaten schon hatte er ein kleines Internetgeschäft aufgebaut und handelte mit Codes für Computerspiele.

Oft vergaß er darüber seine Umgebung, oder sie war ihm egal. Nach seinem Einzug ins Haus entstand dadurch ein enormes Streitpotenzial. Tom und Arian hatten sich eingerichtet, und nun kam ein 14-jähriges Kind hinzu. Chris ließ alles stehen und liegen, bediente sich nach Herzenswunsch im Kühlschrank, ohne vorher zu fragen, und sein Zimmer sah aus wie eine Messiebude. Auch die kleinsten Hausarbeiten wie Müll wegbringen oder Geschirr wegräumen waren ihm zu viel. Für Gartenarbeit war er gleich gar nicht zu haben. Stets musste Tom seinem Sohn sagen, was er tun solle, von alleine kam er nicht darauf. Über manche Dinge hätte er gerne hinweggesehen, schließlich hatte er es mit einem pubertären Bengel zu tun, dann jedoch drohte Streit mit Arian. Zum Beispiel vergaß Chris nach jedem Toilettengang, den Klodeckel zu schließen. Tom wäre das egal gewesen, doch Arian brachte das geradezu auf die Palme. Immer wieder forderte er von Tom, härter durchzugreifen und Chris für jedes Vergehen zu bestrafen. Er hingegen hielt sich dem Jungen gegenüber dezent zurück und schickte Tom vor, schließlich sei er ja der Vater.

Tom begann zu verzweifeln. Ständig war er angespannt und blieb stets in Habacht-Stellung, um möglichst keine Streitereien aufkommen zu lassen. Permanent musste er vermitteln. Der Balanceakt zwischen notwendiger Strenge und väterlicher Liebe wollte ihm einfach nicht gelingen. Häufig gab er den Forderungen seines Freundes nach und war strenger und unerbittlicher, als er es eigentlich wollte. Dabei hätte Chris vielmehr Zuwendung gebraucht. Nach wie vor litt er unter der Trennung seiner Eltern und wurde in der Schule drangsaliert. Doch Arian interessierte es nicht. Er ließ nicht locker und trieb Tom dazu, den Jungen zu bestrafen. Dann bekam er nichts zu essen oder ihm wurde das Internet abgeschaltet. Im Haus herrschte nur Ruhe, wenn Chris bei Sabrina war. Arian führte das gerne als Beweis an, dass es den Ärger nur wegen des Jungen gab. Diskussionen zwischen beiden Männern zu diesem Thema brachten nichts. Tom wollte beschwichtigen, Arian blieb bei seiner harten Linie.

Jeder weitere Vorfall sorgte dafür, dass sich Chris weiter zurückzog. Morgens ging er zur Schule, kam nachmittags irgendwann nach Hause, ging in sein Zimmer und ließ sich stundenlang nicht mehr blicken. Dort tauchte er in die Welt des Internets ab. In dieser Welt war er erfolgreich, musste niemandem Rechenschaft ablegen und wurde nicht gehänselt. Vielmehr erntete er Anerkennung durch seine Arbeit – eine Anerkennung, die sich zunehmend in Geld ausdrückte. Mit seinem Papa sprach er nur noch das Notwendigste, weil er sich vernachlässigt und nicht verstanden sah. Oft hatte er das Gefühl, sein Vater redet nur mit ihm, wenn es etwas zu meckern gibt. Tom wiederum stand weiter im Spannungsfeld zwischen Arian und seinem Sohn. Sämtliche Vermittlungsversuche scheiterten oder waren nur von kurzer Dauer. Dabei hatte es sich Tom auf seine Fahnen geschrieben, Chris zu beschützen und zu einem ordentlichen Menschen zu erziehen. Darunter verstand er Tugenden wie Sauberkeit und Pünktlichkeit. Davon ließ er sich nicht abbringen, schließlich war er der Vater, der das Sagen hatte und die Verantwortung trug. Außerdem wusste er, dass er mit Strenge und Konsequenz genau das tat, was Arian wollte. Zugleich wusste Tom, dass sich sein Sohn nach liebevoller Zuwendung sehnte.

Wenn der Streit eskalierte, griff Chris zum Telefon und ließ sich von seiner Mutter abholen. Sie tat auch jedes Mal, was sich ihr Sohn wünschte. Nur wenige Minuten später stand sie vor der Tür. Im Haus herrschte dann zwar für kurze Zeit Ruhe, doch es war keine Ruhe, die Tom entspannen ließ. Er wusste, dass er falsch gehandelt hatte und eine Mitschuld am Desaster trug. Er wusste auch, dass der nächste Streit kommen würde, und er hasste das. Eigentlich wollte er als Vater der beste Freund seines Sohnes sein.

Trotz der Auseinandersetzungen liebte Chris seinen Vater. Meistens kehrte er nach spätestens zwei Tagen wieder zurück nach Hause, weil er sich bei seiner Mutter noch unwohler fühlte. Sabrina hatte einen anderen Mann kennengelernt und war in dessen Nähe gezogen – in ein abgelegenes Bergdorf, in dem ein halbes Jahr lang Winter oder Nebel herrschten. Der neue Mann an Sabrinas Seite war ebenfalls getrennt, hatte selber zwei Söhne und war Chris nicht sonderlich wohl gesonnen, so dass sich der Junge auch dort zurückzog und somit für neuen Ärger sorgte.

Jonas, der inzwischen auf dasselbe Gymnasium ging wie Chris, musste frühmorgens aufstehen, um eine lange Tour mit dem Schulbus zu machen. Oft war er aggressiv. Zunächst nur verbal, wurde er später gegenüber seiner Mutter auch handgreiflich. Jonas war gerade mal zehn Jahre alt, doch Sabrina wirkte oft hilflos. Mal schrie sie ihren Sohn an, wenn er etwas angestellt hatte, dann schaute sie bei einem ähnlichen Vergehen großzügig darüber hinweg. Wo Tom bei Chris zu streng war, fehlte ihr bei Jonas das konsequente Handeln, vor allem aber eine klare Linie, an der sich der Junge orientieren konnte. Er beleidigte sie mit Schimpfwörtern, schon im Alter von zwölf Jahren trank er heimlich Alkohol, rauchte und versuchte häufig, die Schule zu schwänzen.

Wenn Sabrina nicht mehr weiterwusste, rief sie unter Tränen bei Tom an und bat um Hilfe. Tom nahm sich dann seinen kleinen Sohn zur Brust und versuchte, den Streit zwischen beiden zu schlichten und seiner Vaterrolle gerecht zu werden. Doch letztlich war es vergebliche Liebesmühe, denn am äußerst problematischen Zusammenleben von Sabrina und Jonas änderten solche Telefonate alle paar Tage nichts. Selbst eine Erziehungsberaterin, die Sabrina zwischenzeitlich engagiert hatte, konnte an den Zuständen nichts ändern. Für Tom kam letztlich nur eine Lösung in Frage, und darin war er sich mit seinem großen Sohn einig: Sie mussten auch Jonas zu sich ins Haus holen. Doch damit biss er bei seinem Freund und bei seiner Ex-Frau gleichermaßen auf Granit. Arian befürchtete noch mehr Ärger und weniger Freiheit. Sabrina war dagegen, weil sie sich ohne ihren Jonas allein fühlte. Möglicherweise hatte sie aber auch Angst, Unterhalt für beide Jungs zahlen und aufs Kindergeld verzichten zu müssen.

Also blieb alles beim Alten. Tom musste weitgehend tatenlos zuschauen, wie Chris unter der Situation litt. Wenn sein Sohn zu Hause war, gab es Ärger mit Arian und oft auch mit ihm. War er bei seiner Mutter, erlebte er hautnah, wie sein kleiner Bruder mit ihr umging und wie überfordert sie war. Chris zog sich noch weiter zurück, und Tom machte sich Vorwürfe. Er wusste, dass er sich viel intensiver um diesen Jungen und auch um Jonas kümmern musste. Doch wie sollte er das tun, ohne jedes Mal bei Arian anzuecken? Tom versuchte wenigstens mit gemeinsamen Urlauben ein Familienleben zu schaffen und allen eine gemeinsame Freude zu bereiten. So war er mit seinen beiden Kindern und Arian nach Tunesien geflogen, später mit Chris und Arian in die Türkei. Auch mit dem gemeinsamen Besuch eines Fußballbundesligaspiels und einem langen Wochenende in einem Düsseldorfer Hotel wollte er Arian und Chris zusammenschmieden. Das gelang auch, war jedoch stets nur ein Strohfeuer, das im Alltag später schnell wieder erlosch.

Toms Beziehung zu Arian wurde zunehmend zur Last. Tom war es leid, sich jedes Mal erklären zu müssen. Schließlich waren es seine Kinder, die er liebte und für die er Verantwortung zu tragen hatte. Arian wollte von alldem nicht viel wissen und sah die Kinder als Störenfriede, die seine Freiheit beschränkten. Vor allem an Chris rieb er sich auf. Der Junge war jeden Tag zu Hause und hockte oft bis weit nach Mitternacht vor dem Computer. So mussten beide beim Sex stets aufpassen, damit er im Nachbarzimmer nichts davon mitbekam. Das war anstrengend und nervte Arian.

17. „Blaue Seiten“

Chris hingegen wusste natürlich auch, wer da mit ihm unter einem Dach wohnte. Er, der intelligente Junge, sah in Arian einen Versager, der selber nichts auf die Reihe brachte, aber die große Klappe hatte. Inzwischen war der auf wenige Monate befristete Ein-Euro-Job beendet. Arian war offiziell wieder arbeitslos und bezog Hartz IV. Tom wollte das nicht hinnehmen, auch wenn die wirtschaftliche Lage im Land sehr angespannt war. Da entdeckte er die Anzeige einer Versicherungsagentur, die neue Mitarbeiter suchte. Gemeinsam fuhren sie zu einer Kennenlern-Veranstaltung, in der ein junges Paar, Solarium gebräunt und angeblich erfolgsverwöhnt, vom großen Geld erzählte, das man in der Firma verdienen konnte. Letztlich ging es darum, Versicherungsverträge abzuschließen und die Provision zu kassieren. Es handelte sich um das uralte Geschäftsmodell eines Schneeballsystems, an dem schon viele Menschen gescheitert waren. Nur die Oberen, die an der Spitze der Pyramide stehen, kassieren kräftig ab. Mangels Alternativen begann Arian dennoch eine kurze Ausbildung in der Agentur, weil Tom ihn zur Teilnahme drängte. Er sah nicht ein, dass er sich krumm machte, während sich Arian die Zeit zu Hause vertrieb und nichts tat.

Arian war nun freiberuflicher Versicherungsagent und musste Bekannte in seinem Umfeld und völlig fremde Leute dazu bringen, Versicherungsverträge abzuschließen. Das eine oder andere Mal klappte es sogar. Da er in seinem Job Kunden besuchen musste, kaufte Tom ihm ein Auto. Arian bestand auf einen alten, klapprigen VW Scirocco, der zu dieser Zeit längst nicht mehr hergestellt und erst Jahre danach neu aufgelegt wurde. Das Fahrzeug war billig, und obwohl es technisch der damaligen Zeit bereits um Meilen hinterherhinkte, wollte es Arian unbedingt haben. Er wollte in diesem sportlich angehauchten Auto cool sein und fühlte sich dort auch so.

Doch Arian war nicht der Typ, der anderen Menschen irgendetwas aufschwatzen konnte. Dazu war er intellektuell nicht in der Lage. Schon nach wenigen Wochen blieben die Aufträge und damit die Einnahmen aus, die ohnehin ziemlich überschaubar gewesen waren. Dennoch fuhr er jeden Tag pünktlich ins Büro seiner Versicherungsagentur in der Nähe von Suhl und kam abends pünktlich wieder nach Hause. Den Agenturleiter hatte Tom inzwischen kennengelernt. Beide verstanden sich gut und waren nicht zuletzt durch ihre kommunikative Art auf einer Wellenlänge. Eines Tages fragte er ihn, was Arian den ganzen Tag treibe, wenn er am Ende des Monats kaum Geld verdiene. Die Antwort traf Tom wie ein Hammerschlag, er versuchte in dem Moment aber, es sich nicht anmerken zu lassen: Die meiste Zeit verbrachte Arian am Rechner damit, mit schwulen Männern zu chatten. Vor allem trieb er sich auf dem in der Szene als „blaue Seiten“ bezeichneten Netzwerk herum, in dem die halbe schwule Welt des Landes vertreten zu sein schien. Blaue Seiten deshalb, weil sich das Portal in blauem Outfit präsentierte. Dort boten sich die Männer an und konnten nach Herkunft, Alter, Wohnort, Aussehen, Beziehungsstatus und sexuellen Neigungen sortiert werden.

Nun also doch! Wie immer, wenn Arian mit seinem Leben unzufrieden oder wenn ihm langweilig war, suchte er Zerstreuung. Alkohol hatte er nun schon monatelang nicht mehr angerührt, Drogen waren sowieso kein Thema mehr. Dafür war er auf den blauen Seiten unterwegs. Tom hatte das zwar befürchtet, aber nicht gewusst. Jetzt bekam er den Beweis prompt serviert. Zu Hause war ihm nichts aufgefallen, weil es Arian nach seinen ersten unglücklichen Gehversuchen im Internet gelernt hatte, digitale Spuren zu verwischen. Außerdem saß er nach seinen Büroaufenthalten selten am Rechner. Als Tom seinen Freund nun wieder zur Rede stellte, bekam er das zu hören, was er schon zuvor unendliche Male gehört hatte. Arian stritt alles ab. Dabei war sich Tom sicher, dass er weiterhin regelmäßig fremdging.

Tom hatte die Nase gestrichen voll. Einmal mehr hätte er Arian am liebsten achtkantig rausgeschmissen, doch erneut fehlte ihm dazu der Mut. Vielmehr verspürte er eine zunehmende Gleichgültigkeit und empfand plötzlich die Lust, Arians Eskapaden mit gleicher Münze heimzuzahlen. So legte er sich in den „blauen Seiten" ein eigenes, anonymes Profil zu und begab sich auf die Suche nach einem Sexpartner. Nach zwei Tagen hatte er Erfolg. Nach seinem Frühdienst, als Arian noch in seiner Versicherungsagentur so tat, als würde er arbeiten, klingelte ein 28-jähriger Mann an der Schleusinger Haustür. Ironischerweise arbeitete er ebenfalls in einer Versicherungsagentur, allerdings in Oberfranken. Für das Sexdate hatte er 40 Kilometer Autobahnfahrt in Kauf genommen. Er war ein schlanker, unscheinbarer Typ, niemand, nachdem man sich auf der Straße unbedingt umdrehen würde. Aber er war nett, hatte einen runden, festen Hintern und schien gut geübt zu sein. Der ganze Spaß dauerte keine zehn Minuten, schon hatten beide abgespritzt. Tom nahm von seinem Sexpartner das Kompliment entgegen, es ihm ordentlich besorgt zu haben, dann verabschiedeten sie sich. Danach fühlte er sich einerseits mies, weil er seinen Freund hintergangen und das getan hatte, was er bei ihm verabscheute. Andererseits hatte er sich herausgefordert gefühlt und konnte sich so zudem beweisen, dass er auf dem schwulen Markt noch gefragt war. Außerdem hatte er nun sein eigenes, sexuelles Geheimnis! Noch am selben Tag löschte er sein Profil auf den blauen Seiten.

Kurz darauf trat Arian einmal mehr die Flucht nach vorne an. Er forderte, ihrem schwulen Zusammenleben durch neue Freunde ein wenig mehr Schwung zu verleihen. Kaum gesagt, stieg in Tom das Gefühl der Eifersucht hoch, denn er war sich sicher, dass es Arian nicht um Freunde, sondern sowieso nur um Sexpartner ging. Also lehnte er das Ansinnen ab, weil er seinen Lebenspartner einfach nicht mit einem anderen Mann teilen wollte. Er sehnte sich vielmehr nach Ruhe und Frieden und nach einer harmonischen Beziehung zu zweit. Vor allem wollte er endlich das Gefühl genießen, Herzensmensch seines Freundes zu sein, von ihm begehrt und umgarnt zu werden und sich bedenkenlos fallenlassen zu können. Noch immer träumte er davon, dass Arian dieser Partner sein könnte.

Doch Arian ließ nicht locker. Bei jeder sich bietenden Gelegenheit ließ er Tom spüren, dass er mit der gegenwärtigen Situation unzufrieden ist. Tom hatte nach wie vor einen zeitaufwendigen, stressigen Job an der Backe, dazu den spannungsgeladenen Ärger mit Chris und Arian und die ständige Angst, von seinem Freund betrogen zu werden. Manchmal hatte er das Gefühl, explodieren und seinen Frust in die Landschaft schreien zu müssen. Das hätte ihm vielleicht Erleichterung verschafft, aber kein Problem gelöst. Um wenigstens ein bisschen Harmonie ins Haus zu bringen, gab Tom dem Druck Arians nach und willigte ein, sich auf den blauen Seiten ein Partnerprofil anzulegen. Arian war sofort Feuer und Flamme. Tom verband damit die Hoffnung, seinem Freund nicht mehr hinterherspionieren zu müssen. Nun konnte er jederzeit und ganz offiziell sehen, was Arian auf dem Portal veranstaltete, wen er suchte und was er in privaten Chats schrieb.

Auf den blauen Seiten war auch Paul vertreten.

18. Paul

Es war im Herbst 2008. Paul war gerade mal 19 Jahre alt und absolvierte in Suhl eine Ausbildung zum Arzthelfer und wohnte auch in der Stadt bei seinen Eltern. Arian war zehn Jahre, Tom mit seinen 42 Jahren sogar eine ganze Generation älter. Arian hatte Paul auf den blauen Seiten angeschrieben, weil er jung war und quasi um die Ecke wohnte.

Paul reagierte umgehend. Seine Antworten im Chat ließen darauf schließen, dass er durchaus interessiert und darüber hinaus unkompliziert war. Viele schwule Männer lassen sich gerne dreimal bitten, um dem Anderen das Gefühl zu vermitteln, sie wären nicht so einfach zu erobern. Schließlich ist eine Diva kein leichtes Mädchen! Paul war anders. Ohne großes Vorgeplänkel stimmte er einem Treffen in einer Suhler Gaststätte zu. Dort wollten sich die drei Männer ein wenig kennenlernen und die Chemie checken. Doch zur Überraschung und Enttäuschung von Arian und Tom ließ Paul das erste Treffen sausen und reagierte auch nicht auf SMS. Später sagte er, er hätte zu diesem Zeitpunkt einfach kein gutes Gefühl gehabt, deswegen sei er nicht gekommen. Tom und Arian fühlten sich versetzt, aber der Kontakt war nun einmal hergestellt, also versuchten sie es ein zweites Mal. Diesmal klappte es. Paul erschien tatsächlich zum vereinbarten Treffpunkt in der Innenstadt. Tom fühlte sich nicht wohl dabei, schließlich hätte Paul vom Alter her sein Sohn sein können. Andererseits war Paul ein hübscher Mann. Er hatte zwar einen hohen Haaransatz, weswegen er häufig Mützen trug, aber er war schlank und wirkte mit seinen blauen Augen ausgesprochen nett. Am meisten aber gefiel Tom sein runder, ausladender Hintern. Paul trug eine perfekt sitzende Jeans, die seine Figur zusätzlich betonte und bei Tom Appetit auslöste. Nach der zaghaften Begrüßung nahmen die drei Männer im Restaurant Platz. Arian machte aus seiner Vorgeschichte keinen Hehl, erzählte von seinen Drogen und den Alkoholproblemen, dass man als Außenstehender das Gefühl haben konnte, er sei sogar stolz darauf. Paul äußerte sich bei diesem ersten Treffen nur zurückhaltend oder gar nicht. Er wirkte verschlossen und unsicher. Aber er war ein freundlicher Mann, mit dem Tom und Arian den Kontakt unbedingt aufrechterhalten wollten. Auch Paul war nicht abgeneigt. Bei der Verabschiedung vereinbarten sie gleich ein zweites Treffen nur wenige Tage später.

Tom war einmal mehr hin- und hergerissen. Eigentlich wollte er keinen zweiten Sexpartner, auf den es ohnehin hinauslaufen würde. Da gab er sich keinen Illusionen hin. Andererseits hatte Paul in ihm ein Gefühl des Verlangens ausgelöst. Die Vorstellung, diesen attraktiven Typen mit dem runden Hintern im Bett zu haben, war durchaus verlockend. Was, wenn sie sich regelmäßig trafen, gemeinsam etwas unternahmen und sich hin und wieder ihren sexuellen Trieben hingaben? Was sollte daran verwerflich sein?

Schon beim ersten Wiedersehen war es so weit. Als Treffpunkt hatten sie das Außenstudio, Toms Arbeitsplatz, gewählt. Somit war allen klar, worum es diesmal wirklich ging. Es war später Nachmittag, also konnten sie sich sicher sein, dass die Villa verwaist blieb und sie sich ungestört ihrer Lust hingeben konnten. Die drei Männer stiegen die Treppe hinauf ins Pensionszimmer unterm Dach, zogen sich aus und legten los. Die Rollen waren längst verteilt. Kondome benutzten sie nicht. Schließlich absolvierte Paul seine Ausbildung beim hiesigen Blutspendedienst und musste also gesund sein, waren sich Tom und Arian sicher. Paul war der passive Part und ließ alles mit sich machen. Er hielt buchstäblich seinen Arsch hin und spielte den Lustknaben, der sich abwechselnd nehmen und abfüllen ließ. Auch er hatte seinen Spaß und spritzte ab. Es sollte der Auftakt für eine intensive sexuelle Reise werden.

Paul war noch nicht geoutet. Seine Mutter ahnte etwas von seiner Homosexualität, sein Vater wusste hingegen nichts davon und hätte sich das auch in den kühnsten Träumen nicht vorstellen können. Mit seinen 19 Jahren war Paul in seiner Familie fest verwurzelt. Der gemeinsame Besuch bei Oma war am Samstagnachmittag ebenso Gesetz wie die sonntägliche Familienwanderung durch den Thüringer Wald. Tom fand das einerseits lustig, andererseits war er überrascht. Mit 19 Jahren noch bei Mama und Papa? Er konnte sich das schwer vorstellen, auch Arian fand das zumindest fragwürdig. Einige Wochen später sprachen sie darüber. Paul zuckte mit den Schultern und sagte, das sei sein Leben, er sei nichts anderes gewöhnt. Nun aber wolle er tatsächlich einen neuen Abschnitt einleiten und denke darüber nach, sich zu outen. Bis zum 20. Geburtstag wolle er seinen Eltern reinen Wein eingeschenkt haben.

Für Paul sollte das ein riesiger Schritt werden, vor dem er sich mächtig fürchtete. Lange grübelte er darüber nach, wie er seinen Eltern die überraschende Nachricht am schonendsten beibringen könnte. Tom sprach ihm Mut zu und bestärkte ihn. Immerhin hatte er am eigenen Leibe die Schmerzen gespürt, die zwangsläufig entstehen, wenn man sich dauerhaft verbiegen muss. Bei Paul kam hinzu, dass er mit Frauen überhaupt nichts anfangen konnte. Während Tom in seiner Jugend mit Frauen geschlafen und mit Sabrina zwei Kinder gezeugt hatte, kam für Paul Heterosex überhaupt nicht in Frage. Irgendwann hätte er sich ohnehin öffnen müssen.

Schließlich griff Paul auf den Rat von Tom zurück und schrieb einen Brief. Den steckte er an einem Freitagmorgen in den Briefkasten seiner Eltern, fuhr zu seiner Lehrstelle und von dort direkt zu Tom und Arian nach Schleusingen. So verschaffte er sich noch ein wenig Zeit, bevor er die Schockwellen der geplatzten Bombe spüren würde. Nach einem entspannten Wochenende voller Sex und guter Laune fuhr er am Sonntagabend mit bangem Gefühl nach Hause. Seine Eltern und die sieben Jahre jüngere Schwester waren noch unterwegs. Als sie zurückkamen, passierte erst einmal gar nichts. Niemand sprach über das Thema, obwohl es für gespannte Atmosphäre sorgte und jeder wusste, dass etwas in der Luft lag. Erst als die kleine Schwester im Bett lag, kamen Mama und Papa ins Zimmer ihres Sohnes. Paul musste sich nun seiner Homosexualität stellen. Sein Vater sprach kaum, seine Mutter fragte, ob er sich wirklich sicher sei und bat ihn, beim Geschlechtsverkehr auf seine Gesundheit zu achten. Paul bejahte und war heilfroh, als beide sein Zimmer nach wenigen Minuten wieder verlassen hatten. Endlich war es raus, endlich konnte er sein wie er war.

Von nun an gelang es Paul mehr und mehr, sich vom Elternhaus abzunabeln. Ab sofort verbrachte er jedes zweite Wochenende bei Tom und Arian – immer dann, wenn Chris bei seiner Mutter war. Es waren harmonische Tage. Die drei Männer werkelten gemeinsam im Garten oder fuhren auf ein Volksfest, ansonsten aber unternahmen sie nicht viel, sondern gaben sich ihrer sexuellen Lust hin. Zwar schliefen Tom und Arian auch wochentags noch miteinander, aber ihr Sexleben konzentrierte sich vor allem auf die Wochenenden, wenn Paul da war. Der begann, zu beiden Männern Gefühle zu entwickeln, die nicht nur mit Sex zu tun hatten. Nun konnte er seine schwule Lust ausleben und musste an den Wochenenden, wenn er in Schleusingen war, nicht wandern gehen und Oma besuchen. Dabei nahm Paul seine Rolle klaglos an: Tom und Arian bildeten das alteingesessene Paar, und er war der

Dritte, der Außenstehende, der Gast. So schlief das Paar in seinem Doppelbett im Schlafzimmer, Paul schlief in Jonas' Zimmer, denn der Junge war sowieso kaum noch zu Besuch. Die Übernachtungen in verschiedenen Zimmern markierten auch äußerlich die Trennlinie. Für sich hatten die Drei eine Regel aufgestellt: Sex ist immer möglich, aber im Beisein von Paul nur zu dritt. Für Paul galt darüber hinaus: Kein Sex mehr mit anderen Männern.

Doch keine Regel ohne Ausnahme. In seinem Ausbildungsbetrieb lief Paul einem gleichaltrigen Jungen namens David über den Weg. David war ebenfalls schwul. Zweimal schliefen sie miteinander. David verliebte sich in Paul und malte sich eine gemeinsame Zukunft aus. Paul blieb in dieser Frage zurückhaltend und erzählte ihm von Tom und Arian, dass er hin und wieder bei ihnen ein Wochenende in Schleusingen verbrachte. David schmerzte das. An einem sturmfreien Wochenende ohne Kind, als Paul zu Besuch bei Tom und Arian war und sie auf dem Sofa einen Film schauten, klingelte es an der Haustür. Tom öffnete, David stand vor der Tür. Er hatte die Kleinstadt abgefahren und nach Pauls Auto Ausschau gehalten. Nun erklärte er, dass er Pauls neuer Freund sei und ihn mitnehmen wolle. Tom ließ ihn stehen, ging überrascht ins Wohnzimmer und sagte: „Da draußen steht dein Freund. Könntest du das bitte irgendwie klären?" Während Tom ruhig blieb, rastete Arian aus. Er war fassungslos, weil er hintergangen wurde. Paul lief zur Tür und begann draußen eine lange Diskussion. Danach setzte sich David in seinen Wagen und brauste davon. Mit roten Augen und von Tränen überströmtem Gesicht kam Paul zurück ins Wohnzimmer und musste nun von Arian eine Schimpftirade über sich ergehen lassen. Dabei versuchte er zu beschwichtigen. Nein, David bilde sich diese gemeinsame Beziehung nur ein, er wolle gerne bei seinen beiden Männern bleiben, beteuerte Paul mehrere Male. Doch Arian ließ nicht mit sich reden. Für ihn war der Tag gelaufen, er schickte Paul nach Hause.

19. Dreierbeziehung

Es dauerte allerdings nicht lange, da hatte sich der Sturm gelegt. Trotz des Vorfalls wollte Arian den Kontakt zu Paul nicht abbrechen. Vielleicht hatte sich dieser David tatsächlich nur etwas vorgemacht und Paul wollte wirklich nichts von ihm. Außerdem hatte Paul an ihren gemeinsamen Wochenenden den erhofften Schwung gebracht. Daher überraschte er Tom mit einer neuen Idee: Wie wäre es, wenn sie eine Dreierbeziehung führten? Warum sollte Paul nicht einfach zu ihnen ins Haus ziehen, das sei schließlich groß genug? In Toms Kopf kreisten die Gedanken. Paul war in seinen Augen ein ruhiger, umgänglicher, freundlicher Mann, mit dem man darüber hinaus großen sexuellen Spaß haben konnte. Die Vorstellung, häufiger darauf zugreifen zu können, war durchaus verlockend. Außerdem könnte es so gelingen, von der eigenen, schwierigen Beziehung abzulenken. Wenn er sich mal über Arian ärgerte, könnte er sich umso mehr an Paul erfreuen, dachte Tom. Dagegen sprach allerdings Chris. Wie sollte er ihm erklären, dass plötzlich drei Männer unter diesem Dach wohnten? Chris war inzwischen 16 Jahre alt geworden, ihm musste man nichts mehr erklären.

Tom machte es deshalb von seinem Sohn abhängig. Nur wenn er zustimmte, könnte Paul bei ihnen einziehen. Er setzte sich mit Chris zusammen und tischte ihm eine Geschichte auf: Es gebe da einen jungen Mann, den sie kennengelernt hätten, und der sei inzwischen ein sehr guter Freund geworden. Er sei ebenfalls schwul, habe deswegen aber zu Hause große Probleme. Bei seinen Eltern stünde er kurz vor dem Rausschmiss und wisse nicht wohin. Deshalb hätten sie beschlossen, ihn bei sich aufzunehmen, zumindest für eine Übergangszeit. Chris reagierte überraschend locker und sagte: „Klar, kein Problem, dann ist es hier nicht mehr so langweilig."

Nur Paul wusste noch nichts von dem Plan. Im Dezember 2009 kam er an einem Wochenende erkältet und dadurch völlig verschnupft von einer Reise bei Verwandten zurück. Arian und Tom hatten ihn gebeten, sich am Abend im Regionalstudio einzufinden. Dort wollten sie ihm den Vorschlag unterbreiten, eine Dreierbeziehung einzugehen. Als Paul sich alles angehört hatte, herrschte gespannte Ruhe. Wie würde er sich entscheiden?

Für Paul stand einiges auf dem Spiel. Ganz anders als es Tom seinem Sohn weismachen wollte, hatte Paul ein gutes Verhältnis zu seinen Eltern, insbesondere zu seiner Mutter. Sie liebte ihren Sohn abgöttisch und tat alles für ihn. Sollte Paul wirklich seine Klamotten packen und ausziehen, wäre sie tief traurig, zumal er eine ungewöhnliche Konstellation anstrebte. Sie sah ihn als drittes Rad in einer bestehenden Partnerschaft und lag damit durchaus richtig. Sicherheit hatte Paul bei seinen beiden Freunden jedenfalls nicht. Gerade Arian betrachtete ihn tatsächlich wie ein Spielzeug, das er benutzte, wenn er es brauchte, und fallenlassen konnte, wenn es uninteressant war.

Dennoch entschied er sich für diese Dreierbeziehung.

Die Entscheidung fällte er kurz vor Weihnachten, wollte sie aber seinen Eltern erst anschließend beibringen, um ihnen das Fest nicht zu verhageln. Inzwischen hatte Paul bemerkt, dass das Leben mehr bot als Ausbildung, Wochenendausflüge mit den Eltern und abendliches Hocken vor dem Fernseher. Er war nie der Typ, der gerne in Diskotheken ging oder nächtliche Kneipentouren unternahm. Es reichte ihm, sich geborgen zu fühlen und ein harmonisches Leben zu führen. Gespickt mit gutem Sex und umrahmt von ein paar netten

Unternehmungen mit seinen beiden Freunden, dazu ein großes Haus mit vielen Möglichkeiten - Paul malte sich seine Zukunft in bunten Farben.

Kurz nach dem Jahreswechsel teilte er seinen Eltern mit, dass er nun nach Schleusingen ziehen werde. Sie reagierten erwartungsgemäß überrascht und traurig zugleich. Und sie fragten ihn, wie er sich das vorstelle. Er komme als dritter Part in eine funktionierende Beziehung, das könne doch nicht funktionieren. Eine Antwort bekamen sie nicht. Noch am selben Tag übernahm Tom die undankbare Aufgabe, Pauls Mutter am Telefon die Hintergründe zu erklären. Er beschrieb ihr die Situation, wo und wie Paul leben werde, um sie damit zu beruhigen und zu beschwichtigen. Ihm werde es immer gut gehen, er verbürge sich dafür, sie müsse sich keine Gedanken machen. Von einer Dreierbeziehung sprach Tom nicht, fügte aber hinzu, dass Paul selbstverständlich und jederzeit gehen könne, zum Beispiel, wenn er sich in einen Mann verliebe und eine eigene Partnerschaft aufbauen wolle. Pauls Eltern war klar, dass sie gegen die Entscheidung ihres inzwischen 20-jährigen Sohnes nichts tun konnten. Also packte er seine Sachen und zog um.

Die Männer schlugen ein neues Kapitel auf. Weil Arian in der Versicherungsbranche nach wenigen Monaten ziemlich kläglich gescheitert war, suchte er sein Heil in der Altenpflege. Im Sommer 2009 hatte er eine Ausbildung zum Altenpflegehelfer begonnen, ein Jahr später wollte er eine Ausbildung zum examinierten Altenpfleger beginnen. Paul stand kurz vor Ende seiner dreijährigen Ausbildung zum Arzthelfer, seine erste Arbeitsstätte war eine kinder- und jugendpsychiatrische Privatpraxis, später wechselte er zu einer Dialyse-Praxis. Damit wuchs das gemeinsame Einkommen der drei Männer deutlich an. Allerdings stiegen auch die Ausgaben. Inzwischen standen drei Autos vor dem Haus. Aus Arians Scirocco war ein älterer 1er BMW geworden, Paul fuhr einen Seat Ibiza, Tom hatte weiterhin seinen 3er BMW. Alle Einkommen landeten auf einem gemeinsamen Konto. Jeder konnte darauf zugreifen, Anschaffungen über einhundert Euro bedurften der gemeinsamen Zustimmung. So hatten sie es festgelegt. Ihre Dreierbeziehung bedeutete, alle war gleichberechtigt. Das hieß in Toms Augen auch, dass Paul bei Entscheidungen zum Haus, zur Einrichtung oder zum Garten mitreden durfte. Tom war der alleinige Eigentümer, ließ das aber niemals raushängen. Paul sollte das Gefühl bekommen, wirklich dazuzugehören. Für Tom begann eine Lebensphase, die er tatsächlich genießen konnte. Sein Augenmerk musste sich nun nicht mehr nur auf Arian richten. Wenn er sich mal mit Arian stritt, fand er bei Paul meistens eine Schulter, an die er sich anlehnen konnte. Die wichtigste Absprache der drei Männer lautete: Fremdgehen verboten.

Nach außen hin taten sie weiterhin so, als wären Tom und Arian ein Paar, und Paul war ein geduldeter und willkommener Gast. In diesen Zeiten war Toms Schwester Jana häufig mit Ehemann und erwachsener Tochter zu Besuch. Jana führte eine unglückliche Ehe und fand bei ihrem Bruder und seinen Freunden Zerstreuung und Entspannung, die sie sonst selten hatte. Toms Schwager war ein Mann mit goldenen Händen und erledigte an den Besuchswochenenden gemeinsam mit den drei Männern mehrere Bauprojekte. So verlegten sie im Wohnzimmer Laminatboden, bauten das Dachgeschoss aus oder legten auf dem Grundstück einen Fischteich an. Zu Hause aber saß er oft stundenlang am Computer, was Jana häufig auf die Palme brachte.

Sehr verwundert äußerte sie sich über das gemeinsame Schlafzimmer der drei Männer. Neben dem Ehebett, in dem Tom und Arian schliefen, lag auf dem Boden eine Matratze, das war Pauls Schlafstätte. Auf Toms Wunsch hin hatten sie das anfangs so geregelt, um die Matratze schnell aus dem Zimmer räumen zu können, wenn es mal Besuch gab und sie den Schein einer ganz normalen Zweierbeziehung mit Schlafgast wahren wollten. Mit einem richtigen Bett wäre das aufwändiger gewesen. Im Laufe der Zeit verzichteten sie aber darauf, die Matratze wegzuräumen. Tom erklärte nun seiner Schwester, dass er Jonas' Bett freihalten wollte, in dem Paul anfangs geschlafen hatte. Jonas sollte das Gefühl haben, stets willkommen zu sein. Jana nahm das als Erklärung hin.

Für Pauls Eltern wurde der Blick ins Schlafzimmer dagegen zum wahren Schockmoment. Tom hatte sie zum Grillabend eingeladen, um nach vielen Monaten weitgehender Funkstille das angespannte Verhältnis endlich aufzulockern. Die Eltern sollten sehen, dass es ihrem geliebten Sohn gut ging und sie sich keine Sorgen machen mussten. Beim Rundgang durchs Haus gehörte das Schlafzimmer nun einmal dazu. Noch Jahre später erzählte Pauls Vater, ein Beamter mit streng konservativen Ansichten, von seinem Schreck, der ihm beim Anblick der Matratze neben dem Doppelbett in die Glieder gefahren war. Er konnte und wollte sich beim besten Willen nicht vorstellen, wie eine Nacht zu dritt in diesem Zimmer ablaufen sollte. Schon die Homosexualität seines Sohnes hatte ihn verstört, und nun auch noch schwule Sexorgien zu dritt?

Damit lag er gar nicht so falsch.

Die drei Männer hatten ihren Spaß. Als sie sich kennenlernten, hatte es Arian zur Grundbedingung gemacht, dass Paul beim Sex die passive und aktive Rolle spielte. Das tat er auch, also passte es perfekt. So konnten sie Paul problemlos ins Sandwich nehmen: Tom steckte in Paul, Paul steckte in Arian. Der musste nur rhythmisch seine Hüfte bewegen, so hatten alle Drei etwas davon.

Meistens jedoch war Paul passiv und hielt für beide Freunde seinen Hintern hin. Nachdem sie sich oral gegenseitig auf Touren gebracht hatten, steckte als Erster Arian seinen Schwanz in Pauls Hintern. Meistens spritzte er schnell ab, Paul hielt sich dabei zurück. Arian verließ das Schlafzimmer, ging ins Bad und lief abschließend für die Zigarette danach runter auf die Terrasse. Nun war Tom an der Reihe. Er ließ sich deutlich mehr Zeit und genoss es, in Paul zu sein. Er hatte sich längst in dessen schönen Hintern verliebt, und es fühlte sich im Vergleich zu Arian enger und intensiver an. Paul achtete darauf, dass sie beide gleichzeitig kamen. Manchmal ließen sie sich so viel Zeit, dass Arian ins Schlafzimmer zurückkam und argwöhnisch fragte, was beide so lange trieben.

Einmal wollte es Paul besonders intensiv und heftig. Auf seinen Wunsch hin legte sich Arian auf den Rücken und hielt ihm seinen harten Penis entgegen. Paul nahm buchstäblich darauf Platz, bis er komplett in seinem Hintern verschwunden war. Dabei schauten sie sich an. Dann beugte sich Paul ein Stück nach vorn. So war der Weg für Tom frei. Mit ordentlich Gleitgel und ein paar Versuchen gelang es ihm, von hinten seinen Penis ebenfalls hineinzustecken. An Pauls Stelle hätte Tom wahrscheinlich vor Schmerzen geschrien, Paul aber nahm es klaglos hin. Mehr noch, er fand Gefallen daran. Es dauerte nicht lange, und Tom spritzte seine Ladung ab. Wenige Augenblicke danach waren auch Arian und Paul so weit.

Tom erlebte entspannte Zeiten und fühlte sich gut. Er freute sich, wenn kleine und größere Bauprojekte erledigt waren und genoss gemeinsam mit seinen beiden Freunden die lobenden Worte der Nachbarn über das schöne Grundstück und den hervorragend gepflegten Garten. In der ungewöhnlichen Beziehung lief es in dieser Phase recht gut. Natürlich gab es auch Streit, insbesondere mit oder wegen Chris, aber niemand rüttelte an den Grundfesten dieses Dreiecksverhältnisses. Tom kümmerte sich einfach nicht mehr um Arian und seine verbotenen Ausflüge in die schwule Welt und empfand das als sehr erleichternd. Ihm war die Last der ständigen Obacht von den Schultern gefallen, denn er hatte Paul. Mit ihm verstand er sich immer besser. Eines Tages sagte Paul zu Tom aus dem Bauch heraus: „Du bist ein toller Mensch." Ein solches Kompliment hatte er von Arian noch nie gehört.

Wochen und Monate zogen ins Land. Inzwischen hatte Chris sein Abitur mit großem Erfolg abgelegt. Tom riet ihm zu einem dualen Studium in Stuttgart, Ausbildungsbetrieb sollte der Daimler-Konzern sein. Der kluge junge Mann schaffte die äußerst anspruchsvolle Aufnahmeprozedur und bekam tatsächlich einen der wenigen, sehr begehrten Studienplätze. Im Herbst 2014 verließ er das Haus in Schleusingen gen Stuttgart. Urplötzlich zog Ruhe ein. Die war inzwischen auch dringend nötig geworden, weil sich der harmoniebedürftige Paul durch die vielen, nervenaufreibenden Streitereien zwischen Arian, Chris und Tom längst gefragt hatte, ob es wirklich richtig gewesen war, in dieses Haus zu ziehen. Doch nun lösten sich alle Sorgen und Nöten in Wohlgefallen auf.

Von Ruhe und Harmonie auf Dauer konnte aber keine Rede sein.

20. Moppel

An einem sonnigen Samstagnachmittag bat Arian Tom zu sich auf die Terrasse. Der Satz: „Ich muss mal mit dir reden", verhieß nichts Gutes. Tom war inzwischen einiges gewöhnt, doch diesmal blieb ihm der Mund offen. Arian, der seinen Job als Altenpflegehelfer beendet und dafür wie geplant die Ausbildung zum Altenpfleger begonnen hatte, erklärte, er habe in seiner Berufsschule einen 18-jährigen Jungen kennengelernt und habe sich in ihn verguckt. Bisher hätten beide noch nichts miteinander gehabt, aber er könne nicht garantieren, dass das so bleibe. Mit bühnenreifer, weinerlicher Stimme ließ er Tom wissen, dass er sehr viel für seinen Berufsschulkollegen empfinde. Er – Arian – habe ihm darüber hinaus Bilder von Tom gezeigt und viel von ihm erzählt. Nun wolle er auch Tom unbedingt kennenlernen und könne sich sogar eine Dreierbeziehung vorstellen. Arian schlug daher vor, Paul nach Hause zu schicken und die Beziehung mit seiner Neueroberung fortzusetzen.

Tom war sprachlos. Nachdem er seine Stimme wiedergefunden hatte, schaute er Arian mit funkelnden Augen an und sagte ihm in unmissverständlichem Ton, dass er das nicht mitmachen werde. Paul sei ein Mensch und kein Objekt, das er beliebig austauschen werde. „Bevor Paul geht, setze ich dich vor die Tür", so Toms klare Ansage. Dann drehte er sich auf dem Hacken um, und die Diskussion war für ihn beendet. Arian hatte mit solchen deutlichen Worten offensichtlich nicht gerechnet und wagte es sich nicht, weiter zu diskutieren. Doch locker ließ er nicht. Kurze Zeit später schlug er vor, sich zu dritt mit ihm zu treffen, dann könnten sich Tom und Paul ein eigenes Bild machen, vielleicht könnte eine Freundschaft entstehen?

Inzwischen hasste Tom solche „Ideen", weil sie stets auf dasselbe hinausliefen. Doch während er früher schwer enttäuscht und tagelang tief traurig gewesen war, hatte sich das durch Paul geändert. Er könnte hart bleiben, denn selbst wenn Arian ihn deshalb verlassen würde, käme er viel einfacher darüber hinweg. Tom aber machte sich aus der Sache nun einen Spaß, ging auf Arians Vorschlag ein und informierte Paul. Auch er hatte nach anfänglichem Zögern nichts dagegen. Dass ihn Arian am liebsten vor die Tür gesetzt und ausgetauscht hätte, behielt Tom lieber für sich. Paul hätte das viel zu sehr verletzt.

Noch für denselben Abend vereinbarte Arian mit seinem jungen Schwarm ein gemeinsames Treffen. Die drei Männer setzten sich ins Auto, um den 18-Jährigen abzuholen. Er wohnte in einem abgelegenen Dorf, hatte weder Auto noch Führerschein, in seinem Kaff gab es mehr Hühner als Einwohner und nur sehr selten einen Bus. Als Tom und Paul den Jungen sahen, mussten sie sich zusammenreißen, um nicht laut loszulachen. Er hatte lange blonde Haare, ein rundes Gesicht und ordentlich Speck auf den Rippen. Er trug schwarze Klamotten und wirkte unsicher und unscheinbar zugleich. Bevor er ins Auto stieg, überlegten Tom und Paul zum Missfallen Arians, wie sie ihn nennen sollten: Moppel oder Specki? Sie entschieden sich für Moppel. In diesen Typen hatte sich Arian verliebt? Sie konnten es nicht glauben, spielten das Spiel aber mit, weil es sie belustigte.

Zu viert fuhren sie in eine benachbarte Kleinstadt, weil es dort wenigstens eine Gaststätte gab. Auf dem Weg dorthin schwiegen sie sich an. Tom saß am Steuer, Arian daneben, hinten Paul und Moppel. Nach gefühlt ewiger Fahrt nahmen sie in der Gaststätte Platz und schwiegen sich weiter an. Normalerweise war es Tom, der in solchen Situationen die Initiative ergriff, die Unterhaltung ankurbelte, Fragen stellte und irgendeinen Spruch machte. Diesmal nicht. Er schwieg, lachte sich ins Fäustchen und ließ Arian auflaufen, weil kein Gespräch zustande kommen wollte. Letztlich erfuhren sie von Moppel, dass er sich wie die damals sehr angesagte Sängerin Lady Gaga fühle. Nach dem schweigsamen und dadurch anstrengenden Gaststättenbesuch ging es zurück ins Kaff und dann wieder nach Hause. Kaum war Moppel ausgestiegen, warf Arian Tom vor, er habe den Abend absichtlich platzen lassen. Tom erwiderte, dass er von Moppel nichts wolle. Er interessiere sich nicht für ihn und müsse ihn auch nicht wiedersehen. Um solche Freunde wie Moppel solle er sich schon selber kümmern. Arian lenkte ein. Moppel sei vielleicht etwas komisch, sicher auch ein bisschen dick, ansonsten aber ein ganz lieber Mensch. „Mag sein", erwiderte Tom. „Das ist mir aber egal. Dir geht es doch in Wahrheit nicht um den Menschen, sondern nur darum, dass er mit 18 Jahren blutjung ist. Alles andere interessiert dich sowieso nicht." Den Streit nahm Tom zum Anlass, um die eigene Beziehung mal wieder zur Diskussion zu stellen: „Mir ist vollkommen klar, dass du auf sehr junge Typen stehst", sagte er. „Genau deshalb glaube ich auch nicht, dass du mich wirklich liebst. Schließlich bin ich inzwischen 45 Jahre alt. Mehr als doppelt so alt wie Moppel." Arian widersprach, ein Wort gab das andere, und am Ende stand einmal mehr eine ergebnislose Debatte. Der Abend war für alle gelaufen. Erledigt war die Sache mit Moppel damit aber noch nicht.

Ein paar Tage später unternahmen die drei Männer einen Ausflug und weilten für einen Einkaufsbummel in Oberfranken. Inzwischen war Moppel über Arian an Toms Handynummer gekommen und hatte ihn schon mehrfach Texte geschickt. Häufig schrieb er ihm, wie toll er Tom finde und dass er sich tatsächlich eine Dreierbeziehung mit ihm und Arian vorstellen könne. Tom hatte jedes Mal abgelehnt und weitere Kontakte ausgeschlossen. An diesem Tag setzte Moppel zum Finale an. Die drei Männer waren kaum aus dem Auto gestiegen, da erhielt Tom reihenweise SMS von ihm. Er wolle reinen Wein einschenken und schrieb, dass Arian mit ihm mehrfach gevögelt habe und auch sonst mit einigen Jungs in der Berufsschule fremdgehe. Er könne das nicht mehr mit seinem Gewissen vereinbaren.

Tom blieb aufgewühlt stehen und las die Nachrichten laut vor. Auch Paul, der sonst stets zurückhaltend blieb und nur selten bei Streitdebatten das Wort ergriff, zeigte sich entgeistert. Hatten sie nicht die klare Regel festgelegt, dass Fremdgehen absolut tabu war? Und sollte Treue in einer Partnerschaft ohnehin nicht selbstverständlich sein? Arian reagierte typisch: Vehement stritt er alles ab und warf Moppel vor, er würde lügen und wolle ihn schlecht machen. Sofort kehrten die Männer auf den Hacken um, beendeten ihren Ausflug und fuhren nach Hause. Im Auto ging der Streit weiter. Doch einmal mehr blieb er ergebnislos. Tom und Paul blieb nichts weiter übrig, als Arian zu glauben, weil sie ihm das Gegenteil nicht nachweisen konnten. Wieder gelang es ihm, seinen Kopf aus der Schlinge zu ziehen. Ab wenigstens war Moppel ab sofort Geschichte.

21. Jana

Ruhe sollte in Toms Leben trotzdem nicht einziehen. Er ging seinem stressigen Radiojob nach und arbeitete mitunter 60 oder 70 Stunden pro Woche. Glücklich war er, wenn es zu Hause halbwegs harmonisch ablief und wenn seine Schwester ihn besuchte. Jana kam immer häufiger nach Schleusingen und hatte meistens Mann und Tochter im Schlepptau. Gemeinsam genossen sie ausgedehnte Grillabende, spielten Tischtennis, schossen mit einem Luftgewehr auf Pappscheiben oder vertrieben sich ihre Zeit mit Gesellschaftsspielen. Jana liebte nicht nur ihren Bruder, sondern mochte auch Paul und Arian. Beide sahen in Jana ebenfalls eine sehr gute Freundin.

Im Herbst 2012 war sie mal wieder zu Besuch. Sie hatten nach einem Kaffeekränzchen gerade das Geschirr weggeräumt, als Jana wie beiläufig auf eine Beule auf ihrem Oberschenkel zeigte. Das undefinierbare Gebilde war so breit wie ein Fingerhut, aber nur halb so dick. Äußerliche Hautveränderungen sah man nicht. Diese Beule wirkte so, als würde sie bald wieder verschwinden. Dennoch riet Tom seiner Schwester, zum Hautarzt zu gehen und dieses ominöse Ding untersuchen zu lassen.

Wenige Tage später war sie beim Arzt und erhielt jene niederschmetternde Diagnose, die jeden Angehörigen sprachlos macht: Krebs! Obwohl Jana jedes Jahr beim Facharzt zum Hautscreening war, hatte sich auf ihrem Oberschenkel ein schnell wachsender Tumor gebildet. Sofort wurde er rausoperiert, weitere Untersuchungen folgten und die brachten weitere schlechte Nachrichten. Der Krebs hatte bereits gestreut. Die Computertomografie zeigte Metastasen in Lunge und Gehirn. Alle waren geschockt. Janas Mann und ihre Tochter ebenso wie die Eltern sowie Tom, Arian und Paul. Es begannen Wochen des Hoffens und Bangens.

Jana kam ins Krankenhaus und erhielt Bestrahlungen. Außerdem sollte ein neuartiges, extrem teures Medikament helfen, das gerade erst zugelassen worden war. Ihren Job in einer Firma für Jobvermittlung hatte sie an den Nagel gehangen. Jetzt ging es darum, wieder gesund zu werden.

Doch der Krebs ließ sich nicht aufhalten.

Noch häufiger als sonst besuchte Jana ihren Bruder. Inzwischen hatten die Metastasen in der Lunge dafür gesorgt, dass sie immer schwerer atmen konnte. Oft musste sie nach wenigen Schritten stehenbleiben, weil sie kaum Luft bekam. Auch wurde sie von heftigen Kopfschmerzen geplagt. Tom und seine beiden Freunde kümmerten sich liebevoll um seine Schwester. Sie taten alles, damit sich Jana wohlfühlte. Den Krebs konnten sie freilich nicht besiegen. Diese Machtlosigkeit trieb sie schier zur Verzweiflung.

Dann keimte noch einmal Hoffnung auf. Am Universitätsklinikum in Erlangen, einem der führenden Krebszentren im Land, gab es jeden Dienstag Krebs-Sprechstunden, an denen namhafte Mediziner aus verschiedenen Fachrichtungen teilnahmen. Könnte es alternative Behandlungsansätze geben? An einem dieser Dienstage nahm sich Arian frei und fuhr mit Jana nach Erlangen. Dort wurde sie noch einmal eingehend untersucht. Später saßen die Experten zusammen und analysierten die Untersuchungsergebnisse. Mit Hilfe einer sogenannten Immuntherapie sollte der Krebs in Janas Körper nun besiegt werden. Es war ihre letzte Chance.

Auf dem Rückweg packte Arian aus. Er erzählte Jana die Wahrheit über die Dreiecksbeziehung mit Paul. Sexuelle Details konnte er dabei getrost weglassen, sie hätten Jana ohnehin nicht interessiert. Auch zeigte sich über die Erzählung keinesfalls überrascht. Wie vermutlich alle anderen im direkten Umfeld hatte sie längst geahnt, was sich da im Schlafzimmer der drei Männer wirklich abspielte.

Zu diesem Zeitpunkt hatte sie sich innerlich bereits von ihrem Ehemann verabschiedet. Es schien, als wollte sie sich von jeglichem Ballast befreien. Sie wohnte bei einer Freundin in der Nähe von Hof oder hielt sich an den Wochenenden in Schleusingen auf. Später kam sie dauerhaft ins Krankenhaus nach Plauen, da sie immer schwächer geworden war. Anfang April 2013 besuchte Tom seine Schwester noch einmal in der Klinik. Auch Arian und Paul waren mitgefahren. Jana ging es schlecht. Kurz zuvor war sie am Kopf operiert worden, bei der die Ärzte zwar Metastasen entfernt, aber weitere entdeckt hatten. Ein Erfolg der Immuntherapie schien in weiter Ferne. Mit Prognosen hielten sich die Ärzte bedeckt. Tom war am Boden zerstört und küsste Jana zum Abschied auf die Stirn. Dabei streichelte er liebevoll ihr Gesicht und sagte leise „Danke für alles, meine Liebe."

Er sollte sie nie wiedersehen.

Am 25. April 2013 waren Tom und Paul abends alleine zu Hause, Arian hatte Spätschicht in seinem Altenheim und würde erst gegen 22 Uhr nach Hause kommen. Es war früher Abend, als das Telefon klingelte. Tom nahm den Hörer in die Hand und vernahm die weinerliche Stimme seines Schwagers. „Jana ist tot." Mehr konnte er nicht sagen und legte auf. Sekunden später rief Toms Mutter an, und auch bei diesem Telefonat fielen kaum Worte. Mutter sagte nur: „Es gibt nichts Schlimmeres, als wenn eine Mutter ihr Kind zu Grabe tragen muss."

Tom war am Boden zerstört. Natürlich hatten sie mit dem Schlimmsten rechnen müssen, doch bis zuletzt hatten sie auf ein Wunder gehofft. Immerhin war Jana in den besten Händen gewesen, doch gegen den verdammten Krebs gab es einfach keine Waffe. Und es ging so verdammt schnell! Vom ersten Schreck bis zum Tod waren gerade mal sechs Monate vergangen. Auch die Immuntherapie hatte zu spät begonnen. Paul nahm Tom in den Arm und versuchte, ihn ein wenig zu trösten. Die folgenden Stunden verbrachten beide damit, die schönsten gemeinsamen Erlebnisse mit Jana Revue passieren zu lassen. Als Arian nach Hause kam und in die traurigen Gesichter von Tom und Paul blickte, dachte er zunächst, es habe einen Streit gegeben. Als er vom Tod Janas erfuhr, brach er zusammen und weinte hemmungslos. Am nächsten Morgen startete Tom noch zu seinem Frühdienst im Außenstudio, meldete sich aber nach drei Stunden ab und fuhr nach Hause. Er konnte nicht weiterarbeiten.

Zehn Tage später wurde die Urne seiner geliebten Schwester beigesetzt. Sie fand ihre letzte Ruhe auf dem Friedhof in Schleusingen. Er und seine Freunde schworen sich, Janas Grab zu pflegen und ihre Ruhestätte regelmäßig zu besuchen. Grabstein und -platte hatten Toms Eltern bezahlt. Das Grab ließen sie großzügig anlegen, dort sollten später auch die anderen Familienangehörigen beerdigt werden. „Wir gehen zu Jana", wurde für die drei Männer lange der Inbegriff für einen ausgedehnten Spaziergang durch die Stadt. Janas Tod sollte sie für einige Zeit enger zusammenschweißen.

22. Zweite Hochzeit

Wie Blei lag wochenlang eine schwere Trauer über dem Haus. Der Verlust seiner geliebten Schwester sorgte dafür, dass Tom intensiver über sein Leben nachdachte. Wie schnell konnte es vorbei sein! War er wirklich glücklich mit der Situation, wie sie sich jetzt für ihn darstellte? War die Dreierbeziehung tatsächlich das, womit er auf Dauer leben wollte und konnte? Fühlte er Liebe? Und wenn ja, für wen?

Darüber hinaus waren die finanziellen Sorgen wieder da. Obwohl inzwischen alle drei Männer ordentliche Gehälter mit nach Hause brachten, mussten sie hohe monatliche Belastungen bewältigen. Tom hatte nach wie vor beide Immobilien an der Backe, die monatliche Kreditrate für das Einfamilienhaus hatte die Bank auf seinen Wunsch hin deutlich erhöht, um die Kreditsumme schneller zu tilgen. Mit allen monatlichen Ausgaben, inklusive der Steuervorauszahlungen, die Tom als selbstständiger Redakteur zu leisten hatte, waren einige tausend Euro nötig, bevor an Ausgaben wie Essen, Trinken, Tanken oder Gaststättenbesuche zu denken war. Außerdem hatten die drei Männer ihre Liebe zur Türkei als Urlaubsland entdeckt. Tom und Arian waren ohnehin einige Male dort gewesen, nun flogen sie auch mit Paul an die türkische Riviera. Ständig rechnete Tom durch, wie sie über die Runden kommen und Zusatzausgaben wie Urlaubsreisen finanzieren konnten. Die aus früheren Jahren bekannten schlaflosen Nächte wegen finanzieller Sorgen waren daher längst zurückgekehrt.

Um wenigstens ein paar Steuern zu sparen und dadurch mehr Geld in der Tasche zu haben, schlug er schließlich vor, zu heiraten. Es war im November 2014. Zu dieser Zeit gab es in Deutschland noch keine gleichgeschlechtliche Ehe, wohl aber die eingetragene Lebenspartnerschaft. Steuerrechtlich war sie der Ehe zwischen Mann und Frau gleichgestellt. Das wollte Tom ausnutzen. Weil er mit Abstand das meiste Geld verdiente, musste er auf der Partnerschaftsurkunde stehen, damit sich die Steuerersparnis durch das Ehegattensplitting tatsächlich bemerkbar machte. Es ging um eine Ehe auf dem Papier, daher hätte er auch einer Partnerschaft mit dem 23 Jahre jüngeren Paul zugestimmt. Innerlich sträubte er sich zwar wegen des großen Altersunterschieds dagegen, letztlich aber nahm ihm Paul die Entscheidung ab, denn er wies den Vorschlag zurück. Wie sich später herausstellen sollte, hatte Paul zu diesem Zeitpunkt nicht den Mut gefunden, sich zwischen das alteingesessene Paar zu stellen. Zwar galten alle drei Männer als gleichberechtigt, aber seine Gastrolle hatte Paul nie komplett ablegen können. Für die Hochzeit blieb also nur Arian übrig, und der willigte sofort ein.

Toms erste Hochzeit war ein feierlicher Verwaltungsakt, die zweite avancierte zum Steuersparmodell. Sie meldeten sich im Schleusinger Standesamt an und legten einen Termin fest, zu dem alle drei Männer Zeit hatten. Wichtig war, dass es niemand mitbekommen durfte. Niemand in der Familie und niemand aus dem Bekanntenkreis in der Stadt. Tom hatte sich offiziell nur bei seinen Eltern geoutet, aber nicht bei seinen Freunden und Bekannten. Lediglich ein paar Radiokollegen gegenüber hatte er sich geöffnet. Natürlich wusste in Schleusingen jeder, dass in diesem Einfamilienhaus drei Männer unter einem Dach wohnten und vermutlich mehr als eine Wohngemeinschaft bildeten, dennoch bildete sich Tom ein, den Schein wahren zu können.

Die offizielle Zeremonie verlief vollkommen emotionslos. Im modernen Trauzimmer des Rathauses standen zehn Stuhlreihen, und die blieben allesamt leer. Einziger Zeuge war Paul. Die junge Standesbeamtin spulte ihren Text runter, sprach von Liebe und gemeinsamer Zukunft. Tom und Arian bestätigten ihre Lebenspartnerschaft mit einem deutlichen Ja, und nach zehn Minuten war die Angelegenheit erledigt. Als Eheringe fungierten die silbernen Freundschaftsringe, die sie bis dahin an der linken Hand getragen hatten. Sie wanderten nun einfach nach rechts. Wenigstens gönnten sich die drei Männer am selben Abend einen gemeinsamen Restaurantbesuch, um dem Ereignis zumindest ein wenig Bedeutung zu verleihen. Das Ziel war erreicht. Für das laufende Steuerjahr konnten sie die Steuerersparnis verbuchen. Das Hochzeitsdatum hingegen hatte Tom wenige Tage später schon wieder vergessen.

23. Flugbegleiter

Wann immer es zeitlich möglich und finanziell machbar war, flogen die drei Männer in die Türkei. Noch viele Jahre später erinnerte sich Paul an seinen ersten Flug, den er nur wenige Wochen nach seinem Umzug nach Schleusingen absolviert hatte. Im Flieger saß er zwischen Arian und Tom und bekam kurz vor dem Start plötzlich Schnappatmung. Er war unfassbar aufgeregt, genoss dann aber das unbeschreibliche Gefühl, als die Triebwerke Vollschub bekamen, das schwere Flugzeug in wenigen Sekunden rasend schnell wurde und sich in die Lüfte erhob. Seither ließ Paul die Fliegerei nicht mehr los. Bei ihren Urlaubsaufenthalten zog es die drei Männer stets an die Türkische Riviera in die Gegend nach Alanya. Die Stadt liegt zwei Fahrstunden von der Millionenmetropole Antalya entfernt und besticht durch ihren Burgberg, der eine imposante Landzunge am Strand des Mittelmeeres bildet. Die Stadt zählte schon damals knapp 200.000 Einwohner. Sie wuchs beständig, auch weil viele europäische Auswanderer sie als Ziel entdeckt hatten. Da sich schon mehrere tausend Deutsche dort niedergelassen hatten, trug Alanya den Beinamen Almanya. Das Leben war schön und vor allem war es billig, wenn man Euro hatte. Deshalb residierten dort vor allem viele europäische Rentner.

Insbesondere Tom und Paul verliebten sich in diese traumhaft schöne Region zwischen Mittelmeer und Taurusgebirge. Stets buchten sie eine Pauschalreise über eine Woche, die Flug, Transfer und Hotel mit All-inclusive-Verpflegung beinhaltete. Bei ihren Reisen verzichteten sie meist auf den Transfer vom Flughafen zum Hotel und mieteten am Airport in Antalya einen Wagen, um die Region selbstständig zu erkunden und nicht nur zwischen Strand und Hotelrestaurant zu pendeln. Arian war vor allem darauf bedacht, möglichst lange in der Sonne zu brutzeln, damit er seinen Körper bräunen konnte. Der rothaarige Tom hingegen musste sich vor der aggressiven Mittelmeersonne schützen, denn er bekam schnell einen Sonnenbrand. Der Krebstod seiner Schwester hatte ihn dafür besonders sensibilisiert.

Wenn sie sich in der Türkei aufhielten, waren sie glücklich. Vor allem Tom atmete tief durch und fühlte sich erleichtert, weil er endlich entspannen konnte. Alle Sorgen hatten sie in Deutschland gelassen, in der Türkei lernten sie mehr und mehr Land und Leute kennen und konnten sich zunehmend mit dem scheinbar unbeschwerten Leben identifizieren. Nach einigen Aufenthalten keimte die Idee auf, in die Türkei auszuwandern. Was zunächst wie ein Hirngespinst daherkam, wurde schnell konkret. Tom schlug vor, beide Immobilien in Deutschland – das Haus in Schleusingen und die Wohnung in Leipzig – zu verkaufen. Die Einnahmen würden die Restkredite deutlich übersteigen, sodass genug Eigenkapital übrigbleiben würde, um an der Riviera beispielsweise ein eigenes Haus mit Pool zu kaufen. Zu dieser Zeit waren die Immobilienpreise in der Türkei äußerst moderat. Bei ihrem nächsten Aufenthalt in Alanya machten sie sich bereits mit einer deutschsprachigen Immobilienmaklerin auf den Weg, um sich einige Objekte anzuschauen, wohl wissend, dass sie dafür noch gar kein Geld hatten.

Tom fand die Vorstellung faszinierend, nicht mehr so intensiv arbeiten zu müssen. Sofort entwickelten sie Ideen, wie ihr Leben aussehen könnte. Wenn es in der Region Alanya so viele europäische Rentner gab, musste es ja auch eine Altenpflege geben. Das könnte der Job für Arian sein. Paul hatte viele Möglichkeiten durch seine medizinische Ausbildung. Er konnte bei der Dialyse ebenso arbeiten wie in einem Krankenhaus. Und für Tom würde sich auch irgendetwas finden. Wie wäre es zum Beispiel mit einem deutschsprachigen Radioprogramm für die Auswanderer?

Wenn sie in die Türkei flogen, saßen die drei Männer meistens in Maschinen der Fluggesellschaft SunExpress, einem deutsch-türkischen Unternehmen, das Niederlassungen in Frankfurt und Antalya unterhielt. Tom hatte eine Idee und schlug vor, dass sich Paul dort als Flugbegleiter bewerben sollte. Wenn er erst einmal einen Fuß in der deutschen Tür der Airline hatte, wäre es doch sicher möglich, nach dem Auswandern zur türkischen SunExpress wechseln, so die Überlegung. Tatsächlich suchte die Fluglinie neues Personal. Paul war Feuer und Flamme, seine anfängliche Flugangst hatte sich längst gelegt. Er bewarb sich und wurde nach München zu einem mehrwöchigen Lehrgang eingeladen, der im März 2015 begann. Dieses Jahr sollte das Leben der drei Männer komplett umkrempeln.

Kaum hatte sich Paul auf den Weg nach München gemacht, ging in Tom Merkwürdiges vor. Er spürte eine große Leere. Plötzlich war er mit Arian allein. Tom, der sexuell stets aktiv war und am liebsten jeden Tag mit den Männern geschlafen hätte, hielt sich zurück. Er verspürte keine Lust, sich mit Arian einzulassen. Während der sechs Wochen, die Paul in München verbrachte, schliefen beide Männer ein einziges Mal miteinander. Und auch dafür musste sich Tom vorab sexuelle Erregung durch einen Pornofilm holen. Arian registrierte das und sprach Tom darauf an. Doch der wiegelte ab und erzählte, momentan habe er eben überhaupt keine Lust. Mit Arian habe das selbstverständlich nichts zu tun.

Dabei wusste er es besser. Das Gefühl der anfänglichen Lehre wich nun einer tiefen Sehnsucht nach Paul. Immer wieder musste Tom an ihn denken. Er, der in ihre Dreierbeziehung gekommen war und Arian lediglich als Lustknabe gedient hatte, wirbelte sein Innenleben durcheinander. Tom konnte es sich zu diesem Zeitpunkt noch nicht erklären, warum er dermaßen an Paul hing. War es wirklich nur die sexuelle Lust? Auf jeden Fall sehnte er den Tag herbei, an dem er Paul wieder in seine Arme schließen konnte.

Schließlich war es so weit. Den Lehrgang hatte Paul erfolgreich abgeschlossen, und zur Feier des Tages gingen die drei Männer in ein Restaurant, um gemeinsam Abend zu essen. Sie hatten sich dafür in Schleusingen ein gehobenes Lokal mit guter Küche ausgesucht. Beim Essen, wie nebenbei, ließ Arian seine beiden Freunde wissen, dass er anstelle von Paul in München fremdgegangen wäre, wenn er den Lehrgang dort absolviert hätte. Tom und Paul waren wie vom Donner gerührt. Wie bitte? Meinte er das ernst? Tom stellte Arian zur Rede, erinnerte ihn an den gemeinsamen Schwur, den die drei Männer geleistet hatten. Immerhin stellte er damit die Beziehung infrage. Paul stieß ins selbe Horn. Doch Arian blieb bei seiner Meinung und zog damit den Zorn der beiden anderen Männer auf sich. Auf einen gemeinsamen Nenner kamen sie nicht. Tom spürte immer deutlicher, dass sich die Waage mehr und mehr zur anderen Seite neigte. Er liebte Arian nicht mehr. Inzwischen begann er sogar, ihn zu verabscheuen.

Paul war nun offiziell Flugbegleiter bei SunExpress. Er hatte dafür die komplette Ausrüstung inklusive einer Uniform und eines Koffers bekommen. Mehrere Male im Monat ging er nun an Bord eines Urlaubsfliegers. Meistens startete er in Nürnberg. Dafür setzte er sich in sein Auto, fuhr die etwa 150 Kilometer über die Autobahn zum Airport, absolvierte die Flüge in die Urlaubsregionen am Mittelmeer und kehrte je nach Flugziel nach 14 oder 16 Stunden nach Schleusingen zurück. Zwischendurch hatte er mehrere Tage frei.

Wenn Paul unterwegs war, litt Tom wie ein verwahrloster Hund. Warum nur hatte er die Idee mit dem Flugbegleiter geäußert? Hätte er gewusst, was das bei ihm auslöste, hätte er diesen Vorschlag niemals gemacht. Tom beneidete seinen jungen Freund. Während er an fast jedem Tag viel arbeiten musste, um weiterhin ordentlich Geld zu verdienen, sah er Paul fröhlich und beschwingt in einen Urlaubsflieger steigen, ein paar Tomatensäfte und Zigaretten verkaufen, um sich dann vor allem aber die Zeit zu vertreiben. Tom fand das nicht nur ungerecht. Er wurde regelrecht wütend. Womit hatte er das verdient? Arian ging ihm zunehmend auf die Nerven, und Paul fehlte ihm an allen Ecken und Enden.

An einem dieser Tage hatte Arian Nachtschicht in seinem Altenheim und verließ am späten Abend das Haus. Paul flog derweil seit dem Vormittag in der Weltgeschichte herum und wurde von Tom sehnsüchtig erwartet. Obwohl er am nächsten Morgen in aller Herrgottsfrühe aufstehen musste, um seinen Dienst im Sender zu starten, konnte Tom nicht einschlafen. Die Landung der Maschine in Nürnberg hatte er per Flugradar auf dem Computer verfolgt. Es dauerte noch eine gefühlte Ewigkeit, bis ihm Paul per Kurznachricht schrieb, dass er nun im Auto sitzt und losfährt. Noch einmal würden anderthalb Stunden vergehen, bis er endlich zu Hause sein würde. Tom lief wie ein Tiger durchs Haus, schaute ständig auf die Uhr und kam nicht zur Ruhe. Als er nach Mitternacht endlich den Lichtkegel von Pauls Auto aufs Haus zukommen sah, war er erleichtert und aufgeregt zugleich. Jetzt würde er mit Paul schlafen, ihn ordentlich rannehmen, egal was der sagte und wie spät es war! Paul wusste Bescheid, ohne dass einer von beiden etwas sagen musste. Nach seiner Ankunft ging er sofort duschen, dann lagen sich beide in den Armen und vereinigten sich ausdauernd und intensiv. Schon lange nicht mehr hatte Tom einen so überwältigenden Orgasmus erlebt.

Das Auswandern in die Türkei behielten die drei Männer weiter im Blick. Es war die Zeit, als Facebook seinen Siegeszug begann. Ohne ging es nicht mehr. Auch Tom hatte sich im Netzwerk ein Profil zugelegt und suchte in Auswanderergruppen nach Informationen, um gut vorbereitet zu sein, wenn es dann doch mal ernst werden würde. Dort lernte er Geli kennen, eine Frau mittleren Alters, die ebenfalls ihr Herz an die Türkei verschenkt hatte. Der Kontakt intensivierte sich, so dass daraus innerhalb kurzer Zeit eine Freundschaft entstand.

Tom fand in Geli eine Frau, die ihm vorbehaltlos zuhörte. Ihr konnte er von seinem seelischen Leid berichten, das ihn vor allem dann heimsuchte, wenn Paul den Abflug machte. Doch selbst wenn Paul zu Hause war, konnte Tom nicht mehr abschalten und hatte Angst vor dem nächsten Einsatz, auch wenn der erst in drei oder vier Tagen anstand. Auf eine Magnettafel in der Küche hatte Paul seinen Dienstplan geschrieben, und für Tom lasen sich die Daten wie ein Buch des Grauens. Manchmal lag er im Wohnzimmer auf der Couch und stierte an die Decke. Nur mit Mühe gelang es ihm, jeden Morgen pünktlich aufzustehen und halbwegs motiviert zur Arbeit zu fahren, die ihm nach wie vor die volle Energie und Konzentration abverlangte. Immerhin arbeitete er als Journalist. Er musste objektiv und sachlich berichten, Privates hatte da keinen Platz. Er musste funktionieren.

Inzwischen verging kaum ein Tag ohne Alkohol. Arian blieb weiter abstinent, Tom hingegen suchte sein Heil zunehmend im Bier und stellte sich stets dieselbe Frage: Warum konnte er nicht auch so ein sorgenfreies Leben leben, wie Paul und Arian es taten? Denen machten ihre Jobs Spaß, sie waren festangestellt, konnten bei Krankheit einfach zu Hause bleiben und nichts tun. Sie mussten sich keine Gedanken darüber machen, was morgen sein würde. Tom hingegen konnte es sich durch seine Selbstständigkeit nicht leisten krank zu werden, weil er dann kein Geld verdient hätte und das gesamte Finanzierungsgerüst nach wenigen Wochen zusammengestürzt wäre. Also schleppte er sich von Tag zu Tag und fand kaum noch Phasen der Freude. Er sah keinen Ausweg. Wenn sich Paul dann auch noch seine Uniform überstreifte, um gutgelaunt und voller Tatendrang zum nächsten Einsatz gen Nürnberg zu starten, hatte Tom das Gefühl, er stünde neben sich. In seinem Herz kämpften mehrere Gefühle. Er war wütend auf Paul, zugleich spürte er Sehnsucht und das zerstörerische Gefühl der eigenen Unzufriedenheit. Ja, sie hatten das Fernziel Auswandern im Blick, doch wie lange würde es bis dahin noch dauern? Wie sollte er die Monate, vielleicht auch Jahre bis dahin überstehen?

An einem Samstag Ende Juni 2015 hielt er es nicht mehr aus. Im Schleusinger Zentrum hatte sich die halbe Stadt zum alljährlichen Stadtfest versammelt. Arian war nachmittags zur Spätschicht ins Pflegeheim gefahren, Paul musste am späten Abend erneut zum Flugeinsatz aufbrechen. Tom verabschiedete sich von ihm und verlangte, er solle gefälligst etwas früher als geplant nach Nürnberg fahren, damit er ihn nach dem Stadtfestbesuch im Haus nicht in Uniform antreffen müsse. Kaum hatte er die Worte ausgesprochen, tat ihm Paul leid. Schließlich machte er doch nur seinen Job und hatte ihm überhaupt nichts getan! Was, wenn es Paul irgendwann zu viel wurde und er das Weite suchte? Für Tom wäre das der Supergau.

Also wischte er die beständig wiederkehrenden Gewissenbisse weg, ging zum Stadtfest und betrank sich. Auf dem Fest hatte er einen früheren Fußballkumpel getroffen, der ordentlich Bier und Schnaps vertrug und Tom locker unter den Tisch trinken konnte. In weniger als drei Stunden hatte er genug. Mit Einsetzen der Abenddämmerung kehrte plötzlich das schlechte Gewissen zurück. In Kürze würde Paul aufbrechen. Sollte er sich nicht doch lieber bei ihm entschuldigen? Tom wählte Pauls Nummer, auch um dessen Stimmung zu erkunden. Tom stammelte etwas von Verzeihung und dass es ihm leidtue. Daraufhin sagte Paul: „Ich habe dir einen Brief geschrieben. Wenn du nach Hause kommst, wirst du Bescheid wissen." Tom fuhr der Schreck in die Glieder. Sollte es das wirklich gewesen sein? Wollte Paul für immer abhauen? Doch kurz darauf vernahm er die erlösenden Worte: „Du wirst dich über den Inhalt des Briefes freuen!"

Tom fiel ein Stein vom Herzen, denn nun ahnte er, was im Brief stand. Er wünschte Paul eine gute Fahrt nach Nürnberg, einen angenehmen Flug und die gesunde Rückkehr nach Schleusingen. Dann verabschiedete er sich vom Fest und lief so schnell nach Hause, wie es seine Beine mit ordentlich Alkohol im Blut gestatteten. Dort angekommen, hielt er das Schreiben in der Hand und las mit purer Erleichterung: „Ich werde bei SunExpress kündigen, denn ich kann nicht mehr zusehen, wie du leidest."

Tom fühlte sich befreit! Paul würde mit seinem Abschluss als Medizinischer Fachangestellter in der Gegend schnell einen neuen Job finden, darüber brauchten sie sich keine Sorgen zu machen. Und was die Türkei betraf, da mussten sie sich eben etwas anderes einfallen lassen. Irgendetwas würde sich schon ergeben, notfalls im medizinischen Bereich. Wichtig war nur, dass dieses Kapitel des Leidens endete.

Und doch suchte Tom weiterhin Antworten auf Fragen, die sich ihm permanent stellten. Warum nur zog es ihn so gnadenlos in den Abgrund, nur weil Paul sechs oder sieben Mal im

Monat seinem Job nachging und in den Urlaubsflieger stieg? Klammerte er? Wenn ja, warum? Er, der gestandene Radiojournalist, ging den Dingen gerne auf den Grund, aber hier kam er nicht weiter. Tom war sich selbst ein Rätsel.

24. Claudia

Und er wollte endlich mit dem Rauchen aufhören. Im Teenageralter hatte er damit angefangen. Zwischendurch pausierte er einige Monate zwar, rauchte dann doch aber weiter und kam von der Sucht nie richtig los, auch wenn er streng darauf achtete, die Zigarettenzahl zu begrenzen. Inzwischen ging er stramm auf die 50 zu, hatte mehr als 30 Jahre das Laster mit sich herumgeschleppt und wollte es endlich abschütteln. Paul hatte nie geraucht, bei Arian fand er kein Gehör. Der wollte nicht aufhören, also musste Tom das alleine schaffen.

Geli gab ihm einen Tipp: Wenn du Antworten haben und mit dem Rauchen aufhören möchtest, dann begib dich in die Hände von Claudia Ruhnau. Claudia? Geli lobte diese Frau in höchsten Tönen: „Claudia ist eine unfassbare Persönlichkeit, die die Gabe besitzt, ein komplettes Leben umzukrempeln. Nur wenige Stunden, und du bist ein anderer Mensch!"

Gab es so etwas wirklich? Tom informierte sich im Internet. Claudia Ruhnau, eine gebürtige Wienerin Ende 40, hatte sich als spirituelle Lebensberaterin einen Namen gemacht und war in der Esoterikszene aktiv. Sie war Geistheilerin, legte Karten und bot Hypnose zur Rauchentwöhnung und zur Lösung von Blockaden an. Tom, der nur an das glaubte, was er sah und was er sich erklären konnte, ging zunächst auf innere Distanz. Sollte er sich wirklich in die Hände einer Frau begeben, die mit Hokuspokus ihr Geld verdiente? Geistheilung, Karten legen, Wahrsagen – das alles waren Begriffe, die er mit Phantasie und Geldschneiderei verband. Die Hypnose aber reizte ihn. Davon hatte er schon einiges gesehen und gehört, wie sich eine Hypnose anfühlte, hatte er aber noch nicht erfahren. Und schließlich hatte er den dringenden Wunsch, endlich mit dem Rauchen aufzuhören. Eröffnete sich vielleicht eine reale Chance?

Tom schrieb Claudia über Facebook eine private Nachricht. Er schilderte ihr in ausführlichen Worten sein Problem. Er berichtete über die ungewöhnliche Dreierbeziehung der schwulen Männer, über seine seelischen Schmerzen durch Pauls Fliegerei und seinen Wunsch, künftig als Nichtraucher durchs Leben zu gehen. Er endete mit der Frage: „Können Sie mir helfen?" Claudias Antwort kam prompt. „Ja, ich kann Ihnen helfen!" Sie schlug vor, Tom solle aufgrund der komplexen Themen ein verlängertes Wochenende bei ihr in Koblenz buchen. Dort unterhielt sie eine Praxis, übernachten sollte Tom in einem Hotel in der Innenstadt. Als Termin schlug sie den letzten Freitag im August vor. Sie würde sich um alles kümmern und machte Tom einen Komplettpreis von knapp 1000 Euro.

Tom war aufgeregt. Klar, das war eine Stange Geld, aber wenn ihm diese unbekannte Frau wirklich helfen konnte, war es gut angelegt. So würden die teuren Zigaretten wegfallen, die Kosten hätten sich also recht schnell wieder amortisiert. Wichtiger aber war ihm die Gesundheit. Außerdem reizte ihn die Vorstellung, ein komplettes Wochenende zu verleben, an dem sich die Welt nur um ihn drehte, um sein Leben, seine Ängste, seine Wünsche, seine Gefühle, seine Fragen, die nach Antworten schrien. Er hatte in den letzten Jahren so viele Sorgen auf seine Schultern gepackt, dass ihm ein Befreiungsschlag, wie immer der aussehen sollte, ganz gewiss guttun würde. Arian hingegen war alles andere als begeistert und sah keinen Sinn darin, so viel Geld zu investieren und die lange Fahrt auf sich zu nehmen. Schließlich hatte Paul seine Fliegerei aufgegeben und arbeitete in einem Krankenhaus. Das Problem hatte sich aus seiner Sicht erledigt, die Harmonie sei zurückgekehrt.

Doch Tom sagte zu. Er wollte alles über sich wissen. Am besagten Freitag absolvierte er noch seinen Frühdienst beim Radio, war demnach bereits ab 5 Uhr auf den Beinen. Paul hatte an diesem Tag wie zufällig frei und sagte, er lasse es nicht zu, dass sich Tom nach seinem langen Dienst ins Auto setzt und die fast vierstündige Fahrt nach Koblenz alleine unternimmt. Für die Rückreise wollte er den Zug nehmen. „Ich fahre dich“, sagte er und holte Tom am Mittag im Studio ab. Um 16 Uhr sollten sie in Koblenz sein und im Hotel warten.

Sie waren pünktlich. Durch Facebook und das Internet wussten sie, wie Claudia aussah, und erblickten sie schon von Weitem. Sie hatte halblange blonde Haare, war modern gestylt und geschminkt und trug einen weiten Zweiteiler, die Handtasche hing leger überm rechten Arm. Freundlich begrüßten sie sich. Paul hatte bis zur Abfahrt seines Zuges noch eine Menge Zeit und wollte sich dennoch verabschieden: „Ihr habt viel zu besprechen, dann lasse ich euch mal alleine.“ Er drehte sich um, doch Claudia hielt ihn zurück. „Du bleibst mal schön hier, denn es ist kein Zufall, dass du Tom hergefahren hast und nun hier bist.“ Also setzten sie sich ins Restaurant des Hotels, in dem Tom übernachten sollte. Paul saß neben Claudia, Tom saß ihr gegenüber, alle hatten einen Kaffee und ein Wasser vor sich stehen.

Die folgenden Minuten sollten Toms Leben – und nicht nur seins – komplett auf den Kopf stellen. Claudia hatte sich in dieses ungewöhnliche Beziehungsgeflecht der drei Männer hineingefühlt, wie sie es nannte, und es dauerte nur wenige Augenblicke, da stellte sie die entscheidenden Fragen und erhielt von Paul überraschende Antworten: „Liebst du Tom?“ „Ja.“ „Liebst du Arian?“ „Nein.“ Kaum hatte Paul das ausgesprochen, rannen ihm die Tränen über die Wangen, sein Gesicht lief rot an. Claudia sprach weiter und verblüffte erneut: „Liebe zu dritt funktioniert nicht, aber ihr seid tatsächlich wie eine kleine Familie. Nur die Rollen sind anders als ihr denkt: Ihr beide seid die Eltern, und Arian ist euer Kind.“

Tom traute seinen Ohren nicht. Was hatte sie da gesagt? Vater, Mutter, Kind? Doch plötzlich fiel es ihm wie Schuppen von den Augen, der Schleier lichtete sich, in seinem Kopf fügte sich das bisherige Chaos zu einem schlüssigen Bild: Ja, er war in Paul verliebt! Warum sonst hatte er dermaßen darunter gelitten, wenn er als Flugbegleiter unterwegs war? Und Arian? Klar, die Welt drehte sich nur um dessen Wünsche und Bedürfnisse. Selbst brachte er nur wenig auf die Reihe, wollte stets fein umsorgt sein. Manchmal benahm er sich wirklich wie ein Kind, und dessen Eltern – Tom und Paul – taten alles, um ja keinen Unfrieden zu stiften…

Aber noch etwas anderes hämmerte sich in Toms Kopf, und das musste er erst einmal realisieren: Paul hatte soeben deutlich gesagt, dass er ihn liebt! Er hatte sich nicht verhört! Sein Puls raste und schlug ihm bis zum Hals. Noch nie hatte er so etwas vernommen. Weder Sabrina noch Arian hatten ihm jemals ihre Liebe gestanden. Und jetzt das! Tom hielt es nicht auf seinem Stuhl. Er stand auf, schnappte sich eine Zigarette und stellte sich vors Hotel. Während er rauchte, spielten seine Gedanken verrückt und förderten beständig dieselben Zweifel zutage. Paul liebt mich und Arian nicht? Kann das wirklich stimmen? Er hat es gesagt, aber vielleicht sagte er das nur, weil Claudia es hören wollte?

Nach dem kurzen Glücksgefühl war er plötzlich voller Zweifel und fühlte sich überfordert. Da kam diese Frau des Weges, kannte die drei Männer nur aus ein paar Schilderungen bei Facebook und lockte nun binnen weniger Augenblicke Dinge hervor, die im Verbogenen lagen und daher unaussprechlich gewesen waren. Er ging zurück ins Restaurant und schaute

Paul ungläubig an. „Stimmt das wirklich?" „Ja!", schoss es aus ihm heraus. „Ich trage dich schon lange im Herzen, habe mir aber nicht getraut, es dir zu sagen, weil du mit Arian verheiratet bist!" Claudia unterstützte ihn: „Können diese Tränen lügen?", fragte sie Tom, der sich nach dieser Überraschung noch immer überfordert fühlte. Er hatte schweißnasse Hände, und sein Puls wollte sich einfach nicht beruhigen.

Inzwischen war die Zeit fortgeschritten, und deshalb Paul musste zum Bahnhof gehen. Er verabschiedete sich von Claudia mit einer dankbaren Umarmung, und erneut liefen ihm dabei die Tränen übers Gesicht. Tom begleitete ihn wortlos und in Gedanken versunken zum Zug. Am Bahnsteig angekommen, umarmten sie sich und hielten sich lange fest. Paul stieg ein und setzte sich mit seinem verheulten Gesicht an einen Fensterplatz. Ihm gegenüber saß eine junge Frau, die ihn mitleidig anschaute. Kurz bevor der Zug losfuhr, hielt Paul seine linke Hand von innen an die Fensterscheibe, Tom legte von außen seine rechte Hand darauf. Diese Geste der Verbundenheit sollte beiden für immer in Erinnerung bleiben.

In Toms Kopf drehte es sich weiter. Zum Glück hatte er Claudia, die ein wenig Struktur in seine Gedankenwelt und den weiteren Ablauf brachte. Er setzte sich zu ihr ins Auto, und gemeinsam fuhren sie zur Praxis. Nun ging es erst einmal um die Rauchentwöhnung. Vor der Tür forderte sie ihn auf, zwei Zigaretten hintereinander zu rauchen. Er tat es, schaffte die zweite Zigarette aber nicht komplett, weil er den Geschmack nicht mehr ertragen konnte. Anschließend forderte Claudia ihn auf, sich entspannt auf das Sofa zu legen, das in einem Extra-Raum stand. Tom machte es sich bequem, verschränkte die Hände auf der Brust und schloss die Augen. Nun sollte er zum ersten Mal in seinem Leben hypnotisiert werden. Die anfängliche Aufregung verflog schnell. Mit angenehmer und ruhiger Stimme nahm Claudia Kontakt zu Toms Unterbewusstsein auf und schickte ihn in einen schwer zu erklärenden Dämmerzustand. Die gesamte Zeit über war er wach und hatte sogar das Gefühl, jederzeit aufstehen zu können. Er tat es aber nicht, sondern blieb wie festgenagelt liegen und lauschte Claudias Worten. Sie beschrieb, was der Zigarettenqualm jahrelang in seinem Körper angerichtet hatte, wie er nun aus der Lunge verschwinden würde, damit Tom tief durchatmen und in Zukunft gesund leben konnte. Zwischendurch nannte sie wieder und wieder eine siebenstellige Zahlenkombination, um sie in Toms Unterbewusstsein einzupflanzen. Die Kombination sollte später die Wirkung der Hypnose aktivieren, wenn Tom sie brauchte. Dazu musste er sich die Ziffer nur vor Augen führen oder sie laut aufsagen.

Doch es ging nicht nur um die Rauchentwöhnung. Tom wollte endlich mehr über sich erfahren, er wollte letztendlich wissen, was er tun musste, um wirklich glücklich zu sein. Und so begann Claudia während dieser ersten Hypnose-Sitzung, Toms Selbstwertgefühl zu stärken. Sie sprach von seinen Stärken, seiner Macht, seiner Größe und appellierte daran, dieser Kraft zu vertrauen, die stärker sei als alle Selbstzweifel. Nach fast zwei Stunden holte ihn Claudia in die Realität zurück. Tom streckte sich und fühlte sich entspannt. Claudia fragte ihn, wie lange diese Sitzung wohl gedauert habe. Tom tippte auf 30 Minuten...

Damit ging ein langer, vor allem hochemotionaler Tag zu Ende, weitere zwei würden folgen. Innerhalb weniger Minuten war es Claudia gelungen, sein Leben auf den Kopf zu stellen. Tom spazierte bei spätsommerlichem Wetter ein wenig durch die Stadt und setzte sich ins Hotelrestaurant. Normalerweise hätte er sich vorher eine Zigarette angezündet. Heute vermied er es. Tom verspürte zwar Verlangen danach, aber er bekam es unter Kontrolle und murmelte die siebenstellige Zahlenkombination vor sich hin. Zum Glück war das Restaurant fast leer. Außerdem träumte er von Paul. Dieser umwerfend liebe Mensch, dieser hübsche, junge Mann mit den blauen Augen und dem runden Hintern hatte ihm doch tatsächlich seine Liebe gestanden. So richtig konnte Tom sein Glück nach wie vor nicht fassen.

Auch Paul kam auf der langen Zugfahrt von Koblenz nach Schleusingen nicht aus dem Grübeln heraus. Er hatte gleichfalls eine nie zuvor gekannte emotionale Achterbahnfahrt hinter sich und starrte die ganze Zeit aus dem Fenster. Was sollte er Arian sagen, wenn der ihn nachher vom Bahnhof abholte? Sicher würde er Fragen stellen. Er musste versuchen, sich so normal wie möglich zu geben. Niemand hatte es direkt ausgesprochen, und dennoch war ihm bewusst, dass sich etwas Grundlegendes ändern würde. Er liebte Tom, aber Arian nicht. Würde es vielleicht sogar zu einem Schlussstrich kommen? Den müsste natürlich Tom ziehen, schließlich war der mit Arian verheiratet.

Am Abend schliefen Paul und Arian miteinander, obwohl sich Paul innerlich dagegen sträubte. Er fügte sich aber und hielt wie gewohnt seinen Hintern hin, um den Anschein zu wahren. Hätte er sich verweigert, wäre Arian vermutlich argwöhnisch geworden. Wie erwartet hatte er gefragt, was in Koblenz passiert sei, doch Paul konnte sich darauf zurückziehen, überhaupt nichts mitbekommen zu haben. Er habe Tom lediglich abgeliefert und sei mit dem nächsten Zug zurückgefahren. Mehr wisse er nicht.

Tom begab sich tags wieder in Claudias Hände und erlebte die zweite Hypnose. Erneut ging es um die Nikotinentwöhnung, um das Unterbewusstsein noch stärker fürs Nichtrauchen zu sensibilisieren. Auch das innere Ich, das Selbstwertgefühl, blieb zentrales Thema. Im anschließenden Therapiegespräch besprach Claudia mit ihm viele Dinge aus der Vergangenheit. Hier konnte Tom über sein schwieriges Verhältnis zu seinen Eltern sprechen, die ihm stets ein Zuhause boten, aber kaum Emotionen zuließen und Zuneigung entgegenbrachten. In der elterlichen Familie zählten Leistungen und Ergebnisse – egal auf welchem Gebiet. Tom berichtete über seine Hochzeit mit Sabrina vor 24 Jahren, über seine beiden Söhne und den Tod seiner geliebten Schwester.

Claudia warb um Verständnis für seine Eltern. Die hätten mit Sicherheit stets das Beste für ihren Sohn gewollt. So, wie er stets das Beste für seine Söhne wolle. Nur machten Menschen eben nicht immer alles richtig. „Die Vergangenheit lässt sich nicht mehr ändern. Also schauen wir nach vorne!", rief Claudia ihm zu. „Du hast einen Menschen, der dich liebt, du bist jetzt Nichtraucher, du stehst mit beiden Beinen im Leben – nimm es an, wie es ist. Hinterfrage es nicht, bezweifle es nicht, sondern erfreue dich daran!"

Bis zum Sonntagmittag wechselten sich Gespräche und Hypnose-Sitzungen ab. Claudia bat Tom, er möge alles Erlebte sacken lassen und nichts davon zu Hause erzählen. Was nun geschehen müsse, um sein Leben positiv zu verändern, werde garantiert geschehen.

Und genauso kam es dann auch.

25. Trennung

Nach quälend langer Autobahnfahrt kehrte Tom am Sonntagabend zurück. Erwartungsgemäß wollte Arian wissen, wie die Hypnose gelaufen war und ob er jetzt wirklich nicht mehr raucht. Tom sagte nur, dass er am Freitag tatsächlich seine letzte Zigarette geraucht habe, er aber weiterhin aufpassen müsse. Ansonsten äußerte er kein Wort zu den Inhalten der Sitzungen und Gespräche. Arian hatte im Vorfeld die Befürchtung geäußert, Tom könnte als komplett veränderter Mensch aus Koblenz zurückkommen und blieb skeptisch. Man wisse ja nie, was die Hypnose so anrichte.

Immer, wenn Arian nicht in der Nähe war, ging Tom zu Paul, streichelte ihn wie nebenbei, umarmte ihn sanft oder küsste ihn kurz. Er fühlte sich unbeschreiblich stark zu ihm hingezogen, und Paul signalisierte ihm dasselbe. Beide lächelten mit den Augen. Nur sie wussten, was in Wirklichkeit los war. Recht früh ging Tom an diesem Sonntagabend ins Bett. Er war zwar noch immer aufgewühlt, aber der Akku war leer. Diese drei Tage hatten unglaublich viel Energie verbraucht.

Nach diesem unglaublichen Wochenende in Koblenz fuhr Tom am Montagmorgen wie gewöhnlich zum Frühdienst ins Suhler Regionalstudio. Die siebenstellige Zahlenkombination zur Nikotinentwöhnung hatte sich Tom groß auf ein Blatt Papier ausgedruckt und an den Computermonitor geklebt. So hatte er die Zahl stets im Blick. Sobald er ans Rauchen dachte, sagte er die Zahl laut auf. Es funktionierte. Nach einigen Augenblicken verschwand der Drang nach einer Zigarette, und er konnte sich wieder seiner Arbeit widmen. Er fühlte sich zwar leicht und beschwingt. Trotzdem fiel ihm die Konzentration auf seinen Job nicht leicht, viel zu präsent waren die letzten Ereignisse. Ihm war klar, dass er zu Hause nicht ewig schauspielern und heile Welt vorgaukeln konnte. Das war ihm zu anstrengend und wäre unehrlich gewesen. Also würde er gleich heute Abend Arian das Ende ihrer Beziehung beichten.

Nach dem Feierabend vertrieb sich Tom die Zeit ein wenig mit Gartenarbeit und dachte nach. Wie sollte er es Arian sagen? Er empfand Mitleid, denn ihm war klar, dass sich für Arian alles ändern würde. Sein schönes und sicheres Leben jedenfalls würde ein für alle Mal vorbei sein. Paul war noch auf Arbeit im Krankenhaus und kam erst später nach Hause. Somit war genügend Zeit, um die Sache erst einmal alleine zu besprechen.

Am späten Nachmittag hörte Tom, wie Arian sein Auto unterm Carport parkte. Nun ging es los. Er bat ihn darum, am Esstisch Platz zu nehmen und sagte ihm geradeheraus, dass er für beide keine gemeinsame Zukunft mehr sieht. „Ich liebe dich nicht mehr. Und wenn du ehrlich zu dir und zu mir bist, wirst du zugeben, dass auch du mich nicht liebst, vielleicht noch nie geliebt hast“, sagte Tom. Arian schaute ihn mit großen Augen an und reagierte erbost: „Hab' ich es doch geahnt! Da gehst du also zu dieser blöden Kuh, die du vorher noch nie gesehen hast, die mich nicht kennt, lässt dir in Hypnose irgendetwas einreden und machst jetzt Schluss!?“, giftete er. „Ist das dein Ernst?“ Tom versuchte ruhig zu bleiben, wohl wissend, dass er alle Trümpfe in seiner Hand hatte. Ihm gehörte das Haus, er hatte Paul, er fühlte sich stark und sicher. Daher sagte er anders als in früheren Auseinandersetzungen diesmal mit fester Stimme: „Ja, Arian. Das ist mein Ernst. Ich sehe für uns keine Zukunft mehr. Aber ich fühle mich dir verpflichtet. Wenn du möchtest, kannst du erst einmal in einem der beiden Kinderzimmer schlafen, bis du was Eigenes gefunden hast. Nur im Schlafzimmer möchte ich dich nun nicht mehr haben."

Arians Gesichtsfarbe änderte sich von hellbraun zu kalkweiß. Ein Wort ergab das andere. Sichtlich wütend lief er auf die Terrasse, um sich mit Hilfe einer Zigarette zu beruhigen. Die Zeit nutzte Tom, um Paul eine Nachricht aufs Handy zu schicken: „Arian weiß Bescheid!" Die drei Worte reichten aus, um den harmoniebedürftigen Paul ordentlich in Panik zu versetzen. Inzwischen war er auf dem Heimweg und würde in wenigen Minuten eintreffen. Paul malte sich in düsteren Farben Mord und Totschlag im Hause aus und traf dann auf eine zwar angespannte, aber ruhige Atmosphäre. Paul setzte sich wortlos an den Tisch, als Arian ihn aus bösen Augen anfunkelte und sagte: „Du hast mir meinen Ehemann weggenommen!" Damit erreichte er genau das, was er wollte, denn kaum waren die schmerzhaften Worte verklungen, brach Paul in Tränen aus. Mit einem Mal fühlte er sich schuldig. Zwar stellte sich Tom schützend vor seinen Freund, doch beruhigen konnte er ihn nicht. Sofort erinnerte er ihn an Claudias Versprechen, nicht nur Tom, sondern auch Paul bei künftigen Problemen zur Seite zu stehen. In seiner Verzweiflung lief nun Paul auf die Terrasse und rief bei Claudia an. Sie sprach ihm Mut zu, erklärte ihm, dass Arian erwartbar gehandelt habe, um ihn tief zu verletzen. Wie ein kleines Kind eben, das um Aufmerksamkeit schreit. Er solle sich von diesen dunklen Worten nicht demütigen lassen, denn die helle Zukunft liege direkt vor ihm.

In der Zwischenzeit hatte Arian damit begonnen, seine Sachen zu packen. Das Angebot, zumindest vorerst weiter im Haus zu wohnen, lehnte er kategorisch ab. „Ich werde ganz bestimmt nicht im Nachbarzimmer im Bett liegen, während ihr im Schlafzimmer miteinander vögelt", waren seine Worte. „Zum Glück kenne ich jemanden, der mich im Gegensatz zu dir nicht im Stich lassen wird." Damit ließ Arian durchblicken, dass er die gesamte Zeit über weiterhin Kontakt zu anderen Männern gepflegt hatte. Denn niemand konnte einfach so eine Bleibe aus dem Hut zaubern. Doch diesmal war es Tom egal. Vielleicht war es sogar besser, wenn Arian gleich das Weite suchte. Lieber ein dramatisches und abruptes Ende als eine ewig lange Quälerei für alle.

Was Tom in diesem Augenblick auffiel: Arian hatte keine einzige Sekunde um seine Beziehung gekämpft! Immerhin hatten sie vor knapp einem Jahr ihre Lebenspartnerschaft besiegelt, wenn auch vorrangig, um Steuern zu sparen. War Arian anfangs von der Nachricht der Trennung überrascht worden, hatte sich die spätere Wut auch längst gelegt. Sein Gesicht zeigte jedenfalls weder Trauer noch Ärger. Wieder spürte Tom dieses schmerzhafte Gefühl, nie von Arian geliebt worden zu sein. 13 Jahre lang hatte er versucht, eine halbwegs harmonische Beziehung zu führen. Anfangs hatte er Arian geradezu vergöttert und angehimmelt, doch fallenlassen konnte er sich bei ihm nie. Die Angst, hintergangen zu werden, blieb sein ständiger Begleiter. Es war eine lähmende Angst, die Toms Herz verletzt und dort vielleicht bleibende Narben hinterlassen hatte. Ob er jemals wieder einem Menschen bedingungslos vertrauen konnte? Zumindest aber ging dieses prägende Kapitel nun unweigerlich seinem Ende entgegen, und das war auch gut so. Arian hatte seine Tasche mit den notwendigsten Sachen gepackt, war wortlos ins Auto gestiegen und abgehauen.

Tom dachte unweigerlich an Paul. War er dieser Mensch, dem er vertrauen konnte und ab sofort auch vertrauen wollte? Auch Paul war in der Vergangenheit nicht hundertprozentig ehrlich gewesen. So hatte er nach dem Einzug ins Schleusinger Haus auf den „blauen Seiten", dem schwulen Chatportal, sein Privatprofil reaktiviert und „Entspannung nach einem stressigen Arbeitstag" gesucht. Arian war auf dieses Profil gestoßen und hatte Paul zur Rede gestellt. Er wand sich heraus und beteuerte mehrfach, dass er niemals fremdgegangen sei. Dann löschte er das Profil vor den Augen seiner beiden damaligen Freunde. Tom heftete die Episode in seinem Gedächtnis als weniger bedeutsam ab, weil Paul mit seinen damals 21 Jahren noch sehr jung und eben auf der Suche war. Außerdem glaubte er ihm, dass nichts passiert war.

Was aber, wenn er sich noch nicht gefunden hatte, auch wenn seither fünf Jahre vergangen waren? Würde es Tom gelingen, in dieser gottverdammten schwulen Welt, in der es oft nur um das Eine ging, tatsächlich eine auf Vertrauen und Treue basierende Beziehung zu führen? Tom blieb dabei, er wollte eine feste Partnerschaft mit *einem* Mann und hatte mit den Klischees der schwulen Community nichts am Hut. Paul hatte ihm seine Liebe gestanden. Aber war dieses Geständnis unter Tränen wirklich ehrlich und ernst und von Dauer? Paul war nahe am Wasser gebaut, wie man so schön sagt, und in dieser emotionalen Stunde war es vielleicht einfach nur aus ihm herausgebrochen. Vielleicht sah er sogar eine willkommene Möglichkeit, wie damals Arian auch, ausgehend von einer sicheren materiellen Basis in einem hübschen Haus ein angenehmes Leben zu führen, sich aber hier und da woanders seinen sexuellen Spaß zu holen? Schließlich trennten beide 23 Jahre, und daran würde sich auch niemals etwas ändern. Wollte sich Paul tatsächlich und dauerhaft auf diesen vergleichsweise „alten Sack" einlassen? Warum suchte er sich nichts in seinem Alter? Was würden andere Leute denken, wenn sie gemeinsam auftauchten? Vater und Sohn? Wäre das nicht peinlich? Antworten würde nur die Zeit liefern können, und bis dahin musste Tom irgendwie mit dem Gedankenkarussell in seinem Kopf fertig werden.

An diesem Abend aber atmeten beide erst einmal auf. Zwar standen sie noch unter dem Eindruck der Geschehnisse, doch mit Claudias Hilfe hatte sich Paul wieder beruhigt. Jetzt, wo Arian verschwunden war, konnten sie alles Revue passieren lassen. Ausführlich sprachen sie nicht nur über das Wochenende mit Claudia, sondern auch über die nun erfolgte Trennung und den Weg bis dahin. Die Anzeichen fürs Ende hatten sich langsam und unaufhaltsam wie ein Krebsgeschwür in ihre Dreierbeziehung gefressen, ohne dass es einem der drei Männer wirklich bewusst gewesen wäre. In der Rückschau erinnerte sich Tom an einige Geschehnisse, als sich Paul und er angeschaut und den Kopf geschüttelt hatten, wenn sich die Welt mal wieder nur um Arian drehte und sie mit seinen Macken zurechtkommen sollten. So mussten sie bei Ausflügen stets darauf achten, rechtzeitig Raucherpausen einzulegen, damit er nicht sauer wurde. Beim Autofahren ging es Arian oft nicht schnell genug, und so ärgerte er sich, wenn sie mal nur mit Tempo 130 auf der Autobahn unterwegs waren und nicht mit 200 Sachen. Auch fand er es uncool, wenn der Fahrer – also Tom oder Paul – beim Abbiegen blinkte. Ihn nervte das klackende Geräusch des Blinkers. Oft gab es auch politischen Streit, der Tom regelmäßig auf die Palme brachte. Auf dem Höhepunkt der Flüchtlingskrise war in Suhl ein Asylbewerberheim eröffnet worden, wo es häufig Probleme gab. Kein Wunder, wenn 2.000 zumeist junge Männer unter äußerst beengten Bedingungen lebten. Arian, der noch nicht einmal einen Hauptabschluss hatte und 20 Jahre entweder vom Sozialstaat oder von Tom gelebt hatte, bezeichnete die Flüchtlinge als Schmarotzer, die nun dem Staat auf der Tasche lägen. Mit seinen Argumenten drang Tom bei Arian nicht durch, so dass solche Diskussionen wie viele andere auch ergebnislos und mit Wut im Bauch endeten.

Trotz der vielen Schmerzen, die Tom in den 13 Jahren ihres Zusammenseins erlitten hatte, fühlte er sich tief in seinem Herzen noch immer für Arian verantwortlich. Der stand jetzt tatsächlich vor dem Nichts. Ob er trotzdem durchhalten und Alkohol und Drogen meiden würde? Tom wünschte ihm, dass er es schaffen möge. Mit Arian war der einzige Raucher aus dem Haus verschwunden und mit ihm die Zigaretten und die Versuchung, vielleicht doch noch einmal zum Glimmstängel zu greifen. Tom betrachtete das als sehr willkommenen Nebeneffekt.

Paul dagegen empfand Wut. Arian hatte ihn für das Ende seiner Beziehung zu Tom verantwortlich gemacht, dabei war er es doch gewesen, der gerade in den letzten Monaten häufig für Ärger gesorgt hatte. Denn auch Paul hatte sich wegen der teils sinnentleerten Diskussionen genervt gefühlt. Anders als Tom schluckte er seinen Ärger runter, weil er die ohnehin entstandene Disharmonie nicht zusätzlich befeuern wollte. Außerdem wäre ihm Arian sowieso über den Mund gefahren und hätte ihn gemaßregelt. Bis zuletzt sah er in Paul lediglich eine Art Anhängsel. Mehrfach hatte er ihm vorgeworfen, er würde viel früher als nötig zur Arbeit fahren. Damit unterstellte er ihm, Paul würde sich vorher einen Typen für Sex suchen. In Wahrheit musste Paul jedes Mal einen Parkplatz suchen. Die Suche dauerte manchmal sehr lange, ein freier Platz lag mitunter weit vom Krankenhaus entfernt, so dass Paul dann auch noch eine ansehnliche Strecke laufen musste. Diese Unterstellung allein ärgerte ihn. Zumal Arian selbst weit vor der nötigen Zeit die Fahrt zur Arbeit antrat, obwohl er sein Auto problemlos in der Tiefgarage des Altenheimes abstellen konnte. Vielleicht hatte er ja einen Typen, mit dem er fremdging? Dazu passte, dass die drei Männer in den letzten beiden Jahren immer seltener miteinander geschlafen hatten. Tom hatte das nicht nur gewundert, sondern sogar genervt. Er empfand den Sex nach wie vor als erfüllend und wollte mehr davon, besonders mit Paul. Doch häufig hatte er das Gefühl, darum betteln zu müssen. Vielleicht hatte sich Arian tatsächlich woanders Erleichterung verschafft, so dass er zu Hause keine Lust mehr verspürte? Gewundert hätte es Tom nicht, vielmehr hätte es ins Bild gepasst, das er und Paul vom Dritten im Bunde hatten.

Am Abend schliefen sie miteinander. Lange schaute Tom dabei seinem Paul in die blauen Augen. Er hatte einen leichten Silberblick, der ihn niedlich und verletzlich erscheinen ließ. Seine Augen lagen etwas tiefer als gewöhnlich und bildeten so ringsum einen leichten Schatten. Tom liebte diesen Anblick. Außerdem mochte er Pauls volle Lippen. Endlich hatten sie genug Zeit, ihre Körper zu erkunden und sich ihrer Lust hinzugeben, ohne dass jemand fragte, was sie so lange trieben. Paul lag auf dem Rücken, längst steckte Toms knüppelharter Penis in dessen Hintern. Tom bewegte sich mal langsam, mal schneller und achtete darauf, nicht zu schnell zu kommen. Sie wollten ihre Vereinigung genießen und küssten sich intensiv. Ihre Zungen erforschten den jeweils anderen Mund, um zwischendurch innezuhalten und sich der gegenseitigen Liebe zu versichern. „Ich liebe dich und gebe dich nie wieder her“, hauchte Paul und schaute Tom dabei fest in die Augen. Diese Worte, so einfach hingesagt, sorgten bei Tom augenblicklich für Gänsehaut und ließen seine Augen vor Rührung feucht werden. Noch nie hatte er so etwas gehört, bestenfalls hatte er davon geträumt. Sollte das tatsächlich wahr sein, meinte er es vielleicht doch ernst? Pauls Liebesgeständnis steigerte Toms Lust. Er genoss diesen schlanken, fast makellosen Körper, diesen wunderbar runden Hintern und dieses enge Gefühl in ihm. Rhythmisch trieb er seinen mächtigen Penis hinein, dann wechselten sie die Stellung – auch, um zwischendurch zu entspannen, damit sie den Augenblick so lange wie möglich auskosten und weitere Augenblicke hinzufügen konnten. Es gab keine Hemmungen mehr, keine Gewissensbisse, keine Ängste, keinen Zeitdruck, sondern einzig und allein sie: Zwei Männer, die sich liebten. Tom spürte, wie das Kribbeln im Körper stärker wurde, wie es in seinen Lenden zog. Jetzt konnte und wollte er es nicht mehr zurückhalten. Und doch dauerte es noch ein paar Wimpernschläge, bis ihn der Höhepunkt übermannte. Diese kurze Zeitspanne kam ihm vor wie eine paradiesische Ewigkeit. Tom stöhnte und keuchte im Gleichklang mit Paul, als beide ihrem Sperma freien Lauf ließen. Dabei hielten sie ihre Augen geschlossen, um sich ungestört dem Rausch ihrer Lust hinzugeben und diesen Moment für die Ewigkeit in ihren Köpfen zu konservieren. Nach einem intensiven Kuss ließen sie sich erschöpft und schwitzend wie nach einem Langstreckenlauf in ihre Kissen fallen.

So musste sich Sex aus Liebe anfühlen!

Am nächsten Tag waren sie in Suhl unterwegs, und Paul hatte eine Idee: Lass uns ins griechische Restaurant gehen und Tsatsiki mit ganz viel Knoblauch bestellen! Arian hatte Knoblauch gehasst, also durften auch Tom und Paul keinen essen. Nun war er weg, nun konnten sie den gestern begonnenen Befreiungsschlag durch einen Gaumenschmaus feiern.

26. Dritte Hochzeit

Normalerweise ist das Leben wie eine Berg- und Talfahrt. Das ist auch gut so. Denn wer nur das Tal kennt, wird die Aussicht vom Berg nie kennenlernen. Wer nur oben ist, wünscht sich die Windstille im Tal. In diesen Tagen aber ging es für Tom nur noch hoch hinaus. Es schien, als würde diese Reise nie enden. Schon zwei Tage nach der Trennung von Arian erlebte er das nächste unerwartete Ereignis: Paul machte ihm einen Heiratsantrag!

Tom war überwältigt. Natürlich konnte er sich eine gemeinsame Zukunft mit diesem klugen, wahnsinnig lieben, hübschen, jungen Mann vorstellen. Doch zugleich kamen wieder seine Zweifel hoch. Tom war inzwischen 49 Jahre alt, Paul erst 26. Konnte das wirklich gut gehen? Was, wenn Paul dann doch irgendwann entdeckte, dass er Männer seines Alters bevorzugte? Wenn zwei Menschen heiraten, gehen beide unweigerlich die Verpflichtung ein, den jeweils Anderen beim Sterben zu begleiten. Zumindest war das Toms Verständnis von Ehe. Einen wird es erwischen, und aus objektiver Sicht würde er von Paul zu Grabe getragen. Was wäre, wenn Tom in wenigen Jahren möglicherweise keine Erektion mehr bekommt oder sogar zum Pflegefall wird? Wenn Paul so alt war wie Tom jetzt, würde er vielleicht regelmäßig im Altenheim vorbeischauen müssen. Und nach Toms Tod würde Paul vermutlich viele Jahre alleine verbringen. Unter Umständen hatten sie gerade mal noch 20 oder 30 gemeinsame Jahre...

Paul wischte diese Bedenken weg. Es sei ihm vollkommen egal, was in ein paar Jahren sei. „Das Leben beginnt jetzt!“, sagte er. „Wenn du mal alt bist? Dann pflege ich dich. Wenn du keinen mehr hoch kriegst? Dann bumse ich dich. Wenn du mal stirbst? Dann trauere ich um dich. Doch genau darüber mache ich mir jetzt null Gedanken!“ Was Tom auch vorbrachte, Paul entwaffnete ihn mit klaren Ansagen.

Allerdings war die Hochzeit jetzt noch nicht möglich, denn Tom steckte in der Lebenspartnerschaft fest. Ohnehin war das Thema Arian noch nicht abgeschlossen. Er hatte inzwischen in Oberfranken eine kleine Wohnung gefunden, und Tom half ihm bei der Ersteinrichtung. Mit Bettwäsche, weiteren Klamotten sowie ein wenig Küchengeschirr fuhr er zu Arian, um ihm die Sachen zu übergeben und beim Möbelkauf und Einrichten zu unterstützen. Er traf auf einen Mann, der zwar erneut seine tiefe Abneigung gegen Paul äußerte, ansonsten aber nicht unglücklich zu sein schien. Tom fühlte sich einmal mehr bestätigt: Vermutlich hatte Arian die gesamte Zeit über erst bei den „blauen Seiten“ und später parallel bei Facebook ein großes schwules Netzwerk aufgebaut, auf das er nun zurückgreifen konnte. Zum Glück war es Tom inzwischen vollkommen egal. Von Scheidung sprach er an diesem Tag noch nicht. Er befürchtete, Arian würde ablehnen, schon alleine, weil er Paul den vermeintlichen Sieg nicht gönnte. Dafür war die Trennung noch zu frisch. Er kannte den impulsiven Arian gut genug, um zu wissen, dass sich seine Wut bald komplett legen würde.

Obwohl Tom an die Lebenspartnerschaft gebunden und damit nicht frei war, wollte sich Paul mit ihm verloben. Am 12. September verabredeten sie sich mit Claudia, ihrem Mann Dirk und Geli – mit jener Frau also, die Tom an Claudia verwiesen und somit die Brückenpfeiler in das neue Leben gebaut hatte. In Koblenz verbrachten sie einen wunderbar harmonischen Tag mit Spaziergängen am Rhein, frischem Federweiser auf einem Burgfried und der abendlichen Verlobungsfeier in einem italienischen Restaurant in der Innenstadt. Zuvor hatte Tom in Claudias Praxis, die auch ein kleines Fernsehstudio für Youtube-Videos beherbergte, für Paul heimlich ein Video aufgenommen. Darin entschuldigte er sich noch einmal für sein Verhalten während Pauls Flugzeit. „Ich habe dir große seelische Schmerzen zugefügt, und dafür bitte ich dich aufrichtig um Verzeihung." Und weiter: „Ich erlebe gerade erstmals, wie sich Liebe anfühlt. Und dafür bin ich unglaublich dankbar." Unter den einminütigen Clip legte Dirk sanfte Musik und überspielte ihn auf ein Tablet, um es abends beim gemeinsamen Abendessen dem total überraschten Paul zu präsentieren. Der saß wortlos da, seine Augen füllten sich mit Tränen, dann griff er mit zittrigen Fingern nach Toms Hand, schaute ihm in die Augen und küsste ihn. Auch alle anderen am Tisch waren ergriffen. Claudia sprach kurz darauf noch einmal Toms Zweifel an und meinte: „Schau, was du hast und nimm es an!" Anschließend steckten sich beide silberne Verlobungsringe an ihre Finger.

Für Tom begann tatsächlich ein neuer Lebensabschnitt, der intensiver kaum sein konnte. Er sog diese Liebe geradezu auf und erlebte ein Glück, von dem er noch nicht mal zu träumen gewagt hatte. Dazu gehörten viele Reisen, die er mit Paul nun unternehmen würde. Den Auftakt machte Ende November eine seit Monaten geplante Reise nach New York City. Ursprünglich wollten sie zu dritt fliegen, aber Arians Flug hatten sie selbstverständlich storniert. Tom weilte nun schon zum dritten Mal am Big Apple, für Paul war alles neu. Noch zu Hause hatten sie eine New-York-Card für Touristen gekauft, die ihnen kostenfreien Eintritt ohne Schlangestehen in verschiedene Sehenswürdigkeiten erlaubte. Sie besuchten das Rockefeller-Center, das 9/11-Memorial an der Südspitze Manhattans, genossen den Ausblick vom Empire State Building und konnten auch noch den Black Friday mitnehmen, der am vorletzten Tag ihres Aufenthaltes in die Konsumtempel lockte. Eine Schifffahrt auf dem Hudson River rund um Manhattan machte die unvergesslichen Tage komplett. Voller positiver Eindrücke flogen sie zurück nach Deutschland, hinein in die Adventszeit.

Inzwischen hatten sie natürlich auch ihren Eltern über die neue Situation informiert und ernteten von allen Seiten grundsätzliche Zustimmung. Allerdings hob Toms Vater warnend den Zeigefinger und brachte Tom so wieder ins Grübeln. „Pass nur auf, dass er es nicht aufs Haus abgesehen hat", sagte sein Vater. Chris blies kurze Zeit später ins selbe Horn. Ging es Paul am Ende doch ums Materielle und nicht um ihn? Trotz aller Beteuerungen blieben leise Zweifel. Damals wollte es ihm einfach nicht gelingen, sie komplett abzuschütteln.

Weihnachten 2015 war ein besonderes Fest. Erstmals verbrachten sie es zu zweit und konnten nun auch mit ihren Eltern feiern. Den ersten Feiertag waren sie bei Toms Eltern in Halle, am zweiten bei Pauls Eltern, die in Suhl wohnten. Jetzt gab es kein Verstecken mehr, jetzt konnten sie über alles offen reden, und Paul genoss es sichtlich, wenn er über die unglaublich emotionale Verlobung in Koblenz berichten konnte. Nur bei Tom blieb ein fader Beigeschmack: Immerhin war die Mutter seines neuen Lebenspartners und vielleicht späteren Ehemannes ein Jahr jünger als er selbst...

Toms Zweifel machten Paul zunehmend zu schaffen. Was sollte er noch tun, um seinen Partner von der Aufrichtigkeit seiner Liebe zu überzeugen und auch davon, dass ihm der Altersunterschied egal war? Mehr als es ihm zu sagen und – viel wichtiger – ihm zu zeigen, konnte er freilich nicht tun. Bei einem Türkeiaufenthalt im folgenden Frühjahr ließ er sich den Schriftzug „Paul & Tom" auf den Unterarm tätowieren. Pauls einziges Tattoo enthielt sichtbar und unveränderlich seinen Namen! Tom kommentierte das mit den Worten: „Du scheinst es ja wirklich ernst zu meinen." „Ja, ich meine es ernst", erwiderte Paul bestimmt.

Die erste Türkeireise zu zweit gab dem Traum vom Auswandern frische Nahrung. Trotz der zurückliegenden Wochen voller Überraschungen und Aufregungen hatten sie das Ziel weiterhin fest vor Augen. Die Trennung von Arian machte die Pläne sogar einfacher, weil sie jetzt nur noch etwas für sich finden mussten, um dort ihren Lebensunterhalt zu bestreiten. Tom war inzwischen fast 20 Jahre beim Radiosender. Er hatte sich in dieser Zeit aufgeopfert, arbeitete manchmal 14 Stunden und mehr am Tag, gönnte sich auch an vielen Wochenenden keine Ruhe. Dabei sehnte er sich danach, dem Dauerdruck zu entfliehen, als Reporter immer zur Stelle sein zu müssen, wenn etwas passierte. Auch die finanzielle Belastung, die er sich durch die hohen Kreditraten für das Haus in Schleusingen und die Wohnung in Leipzig aufgebürdet hatte, machte ihm nach wie vor zu schaffen. Das Auswandern würde nur klappen, wenn er sich von diesen beiden Immobilien befreien und sie verkaufen würde. Das wurde nun immer deutlicher. Längst war das Haus deutlich mehr wert als die restliche Finanzierungssumme, so dass sie mit einem hübschen Sümmchen auf dem Konto in die Türkei aufbrechen konnten.

Schon im Frühsommer des nächsten Jahres ging der Verkauf der Leipziger Wohnung problemlos über die Bühne, und letztlich war es ein Nullsummenspiel. Jahrelang hatte Tom Steuern gespart, nun war er den Kredit und damit alle Verpflichtungen los. Um weiteren finanziellen Ballast loszuwerden, verkauften sie Toms teuren BMW und leasten einen Kia mit deutlich geringerer Monatsrate. Anders als Arian war ihnen egal, in welchem Auto sie saßen. Hauptsache, es war halbwegs modern, gut ausgestattet und vor allem sicher. Viel Geld sparten sie jetzt sowieso, weil sie keine Zigaretten mehr kaufen mussten. Tom hielt als Nichtraucher eisern durch und hatte inzwischen auch kaum noch Probleme damit.

Wichtigste Baustelle war nun Toms Scheidung. Ebenfalls im Frühjahr 2016 fragte er Arian, ob sie sich nicht komplett trennen und damit scheiden lassen wollten. Arian reagierte wieder wie ein trotziges Kind. Er wolle zuerst einmal sehr viel Geld sehen, immerhin seien sie Eheleute gewesen, ließ er Tom wissen. Um seinem Anspruch Nachdruck zu verleihen, engagierte er eine Anwältin, die mit einer hohen Forderung in fünfstelliger Höhe Tom und Paul ziemlich ins Schwitzen brachte. Arian wollte einen Teil der Einrichtung im Haus oder den entsprechenden Gegenwert in Geld. Tom hatte sich gleichfalls eine Anwältin genommen, die ihn damals schon bei der Scheidung von Sabrina vertreten und durch ihre eiserne Härte einen bleibenden Eindruck hinterlassen hatte. Nun begannen Wochen und Monate, in denen Geld aufgerechnet und abgewogen wurde. Tom und Paul waren genervt.

Arian war inzwischen wieder umgezogen und hatte sich komplett neu eingerichtet. Den gewohnten Lebensstandard mit riesigem Flachbildfernseher, Kaffeevollautomat und Fitnessraum wollte er beibehalten. Nur reichte sein Budget dafür bei weitem nicht aus. Er finanzierte alles per Kredit und überschuldete sich dadurch innerhalb weniger Wochen. Er hatte einen neuen Freund, der bei ihm wohnte – einen 19-jährigen, spindeldünnen Jungen, der die Förderschule ohne Abschluss verlassen hatte und von seinen Eltern verstoßen worden war. Aufgrund seiner geistigen Defizite vermochte er gegen den dominanten Arian nichts auszurichten. Auch war er wieder dem Alkohol verfallen. Das, was Tom befürchtet hatte, war tatsächlich eingetreten. Aber es kam noch schlimmer. Wenn Arian betrunken war und sich mit seinem Freund stritt, wurden beide auch mal handgreiflich. Bei Facebook kursierte ein Foto, auf dem Arian blutüberströmt und volltrunken zu sehen war. Er gab ein bemitleidenswertes Bild ab. Und es blieb nicht nur beim Alkohol. Als Altenpfleger kam Arian an Psychopharmaka heran – an Medikamente also, mit denen Bewohner ruhiggestellt werden. Noch während seiner Zeit in Schleusingen hatte er hin und wieder Tabletten mitgehen lassen, um angebliche Einschlafprobleme zu beheben. Darunter war ein Mittel mit dem Wirkstoff Lorazepam, der von Patienten als beruhigend und insgesamt sehr positiv empfunden wird. Allerdings birgt Lorazepam ein hohes Suchtpotenzial und darf nicht länger als drei Wochen am Stück eingenommen werden. Arian scherte sich nicht darum, entwickelte zwangsläufig eine Tablettensucht und wurde schließlich gefeuert sowie mit Berufsverbot belegt, weil der Tablettendiebstahl aufgefallen war. Letztlich schloss sich der Kreis. Arian landete dort, wo ihn Tom einst kennengelernt hatte: in einem Heim für Suchtkranke - nur nicht in Ilmenau, sondern in Oberfranken.

Arian lag wieder am Boden, und Tom nutzte es aus. Er wusste, dass Arian dringend auf Geld angewiesen war, um seine Kredite zu bedienen und sein Leben zu finanzieren. Er besuchte seinen Ex-Freund im Heim und bot ihm die sofortige Zahlung von 3.000 Euro an, wenn er schriftlich der Scheidung zustimmte, ohne weitere Bedingungen zu stellen. War das gemein? Ja, und Tom wusste das auch. Doch diesmal hielten sich seine Schuldgefühle in Grenzen. 13 Jahre lang hatte er sich von Arian an der Nase herumführen lassen. Nun wollte er endlich einmal an sich denken und den Weg frei machen für die Hochzeit mit Paul.

Arian willigte ein und unterschrieb. Tom musste einen Freudenschrei unterdrücken, als er den Zettel in der Hand hielt und das Heim verließ. Sofort informierte er seine Anwältin, die die gegnerische Seite informierte und bei Gericht die Scheidung beantragte. Und natürlich überbrachte er auch seinem Paul die positive Nachricht. Überhaupt war dieses Jahr ein wunderbares gewesen. Sie hatten sich befreit und gaben sich ihrer Liebe hin. Heimlich führte Tom, der schon immer Spaß an Zahlen und Statistiken hatte, ein Sex-Tagebuch. Und so präsentierte er seinem Paul ein beachtliches Ergebnis: Im Jahr 2016 hatten sie 262-Mal miteinander geschlafen.

Im darauffolgenden Frühjahr sahen sich Tom und Arian vor Gericht. Dort bestätigte Arian, dass er die 3.000 Euro erhalten hatte und der Scheidung zustimmte. Und so wurde nach gut zwei Jahren die Lebenspartnerschaft beendet. Vollkommen pleite stürzte sich Arian wenige Wochen danach ins letzte Gefecht und drohte Tom damit, das Scheidungsurteil anzufechten, wenn er nicht noch mehr Geld bekomme. Immerhin sei er im Heim nicht Herr seiner Sinne gewesen und überrumpelt worden. Doch Tom maß dem keine Bedeutung bei, denn das Scheidungsurteil war rechtskräftig. Arian konnte nichts mehr ausrichten. Von diesem Zeitpunkt an hatten sie keinen Kontakt mehr.

Tom und Paul stürzten sich in die Hochzeitsvorbereitung. Für beide begann erneut eine aufregende Zeit. Paul wollte eine große Feier mit den engsten Verwandten und besten Freunden. Zunächst gestaltete es sich schwierig, einen Termin und ein Hotel zu finden, in dem sie feiern und übernachten konnten. Doch dann klappte es. Zwar konnten sie sich nicht in Schleusingen das Jawort geben, weil nur an einem Samstag im Monat Trauungen möglich waren, an diesen Samstagen in der Gegend aber kein Hotel verfügbar war. Doch sie konnten auf eine andere Kleinstadt ausweichen und fanden ein hübsches Landhotel in der Nähe.

Am Vorabend trafen sich Tom und Paul mit Claudia, ihrem Mann Dirk sowie Geli mit ihrem neuen Freund. Diesen beiden Frauen, die inzwischen zu besten Freundinnen geworden waren, hatten sie es zu verdanken, dass sie so weit gekommen waren. Wer weiß, vielleicht hätten sich beide Männer irgendwann auch so ihre Liebe gestanden und hätten sich zwangsläufig von Arian getrennt. Genauso gut wäre es aber auch möglich gewesen, dass das Drama um die ungewöhnliche Dreierbeziehung noch lange Zeit weitergegangen wäre, eventuell sogar bis heute. Egal wie, nun waren sie am Ziel. Gemeinsam verbrachten sie einen bierseligen Abend voller Vorfreude auf die morgige Trauung, bei der Claudia und Geli die Trauzeugen sein würden. Zwar konnten Toms Eltern nicht anreisen, weil seine Mutter mit Gürtelrose im Bett lag, zwar gab es noch immer keine gleichgeschlechtliche Hochzeit, sondern die eingetragene Lebenspartnerschaft, zwar mussten sie vor dem Verkauf des Hauses sparsam bleiben und hatten sich deshalb zwei billige Trauringe aus Titan gekauft – doch all das war letztlich egal.

Am nächsten Vormittag zogen sie sich ihre Anzüge an, die sie sich in Frankfurt gekauft hatten. Tom trug ein cremefarbenes Jackett und eine dunkelblaue Hose, Paul trug dieselben Farben, nur mit dunklem Jackett und heller Hose. Darunter hatten sie ein einfaches weißes Shirt übergestreift. Sie wollten damit zeigen: Wir sind verschieden, gehören aber zusammen. Als sie sich im Hotelzimmer zurechtmachten, um anschließend zur Trauung zu fahren, ließ Tom zum letzten Mal seine Zweifel aufblitzen, als er Paul tief in die Augen schaute und ihn fragte: „Bist du dir sicher, dass du mich, einen 23 Jahre älteren Mann mit zwei inzwischen erwachsenen Kindern wirklich heiraten willst? Bist du dir sicher, dass wir jetzt keinen Fehler machen?" „Ja, ich will", antwortete Paul mit ebenso festem Blick. Zwei Stunden später wiederholten beide diese magischen Worte vor dem Standesbeamten.
Wenige Tage danach verkauften sie mit beträchtlichem Gewinn das Haus und wanderten im August in die Türkei aus.

Das Hochzeitsdatum 24. Juni 2017 hat Tom bis heute nicht vergessen.

27. Epilog

Tom hatte es geschafft, er war am Ziel. Ist 2017 war ein 17 Jahre währender Weg, den er in weiten Teilen als Leidensweg empfunden hatte. Das Gefühl, anders und nicht so zu sein, wie es seine Umgebung von ihm erwartete, war in dieser Zeit sein ständiger Begleiter. Ob in der Familie, ob auf Arbeit, ob im Sportverein oder im Wohngebiet - erst mit der Hochzeit endete ein Versteckspiel, das ihm unglaublich viel Energie und Nerven geraubt hatte. Dabei hätte ihm sein klarer Verstand längst sagen müssen, dass sowieso alle Bescheid wussten. Warum also war er ein Schauspieler und ein schlechter noch dazu? Darauf gibt es keine profane Antwort, denn wie so oft im Leben fällt es uns oftmals sehr schwer, das Kopfdenken dem Gefühl unterzuordnen. Dabei fühlen wir immer richtig. Was wir fühlen, ist die Wahrheit.

„Ich bin dann mal schwul" - so einfach, wie es dieser Buchtitel suggeriert, ist es beileibe nicht gewesen. In den letzten Jahren hat sich in Deutschland einiges geändert, die Gesellschaft ist deutlich liberaler geworden. Insofern haben es jüngere Menschen leichter, sich zu outen, sich zu ihrer Sexualität zu bekennen und sie auch zu leben. Dennoch ist dieses Outing für die meisten schwulen Männer immer noch ein riesiger Schritt.

Inzwischen ist Tom 56 Jahre alt. Stellen wir uns ein Meterband vor, wo jeder Zentimeter für ein Lebensjahr steht, so ist er deutlich über der Hälfte. Heute weiß er: Die letzten fünf Zentimeter seit seiner Hochzeit waren die schönsten seines Lebens. In seinem Freundeskreis hat sich die Spreu vom Weizen getrennt. Leute, die mit seiner Homosexualität nichts anfangen konnten, hat er aus seinem Leben gestrichen. Dafür fand er neue Freunde, denen es vollkommen egal ist, welche sexuelle Orientierung er verfolgt, denen ebenfalls egal ist, dass er mit einem Mann verheiratet ist.

Tom und Paul sind bis heute verliebt wie am ersten Tag, sie genießen ihr Zusammensein, ihre Verlässlichkeit, ihre gemeinsame Sexualität. Manchmal sitzen sie auf dem Balkon ihrer Wohnung an der türkischen Riviera und erinnern sich an die Zeit, als sie von Arian buchstäblich am Nasenring durch die Manege gezogen wurden. Besonders Tom versteht bis heute nicht, warum er nicht viel früher aufgewacht war und diesem Treiben ein Ende gesetzt hatte. In der Rückschau ist es natürlich ziemlich einfach, darüber zu urteilen, denn hinterher ist man sowieso immer schlauer.

Der Kontakt zu seinen beiden längst erwachsenen Kindern hat sich nicht weiter intensiviert. Chris ist zum Weltenbummler geworden und verdient sein Geld im Internet, momentan hält er sich in Malta auf, zuvor war er auch schon in China oder auf den Philippinen. Jonas hatte sein Abitur kurz vor den Prüfungen geschmissen, später begann er eine Ausbildung zum Krankenpfleger, die er ebenfalls nicht beendet hat. Inzwischen ist er wegen Depressionen in psychiatrischer Behandlung und ist derzeit nicht in der Lage zu arbeiten. Er lebt von Krankengeld, finanziellen Hilfen seiner Mutter und legt in kleinen Clubs als DJ auf. Tom wünscht sich sehnlichst ein intensiveres Verhältnis zu seinen Kindern, doch alle seine Bemühungen waren bisher nicht von Erfolg gekrönt. Offensichtlich hat sein Outing so tiefen Wunden bei seinen Kindern hinterlassen, dass selbst die Zeit sie nicht zu heilen vermag. Mit Jonas aber möchte er bei nächster Gelegenheit mal ganz offensiv darüber sprechen. Vielleicht ist das ein Anfang.

Die wichtigste Lehre, die Tom inzwischen gezogen hat, lautet: Es geht nicht darum, was andere von dir erwarten, sondern nur darum, dein Glück zu finden. Das klingt auf den ersten Blick egoistisch, ist es aber nicht. Denn es ist nicht deine vordergründige Aufgabe, die Erwartungen deiner Eltern, deiner Freunde, bei der Arbeitskollegen oder Sportkameraden zu erfüllen. Es geht um dein persönliches Lebensglück, denn das Leben ist endlich. Die Markierung am Maßband wandert unaufhörlich nach rechts. Und nur wer glücklich ist, kann mit vollem Herzen für andere Menschen da sein.

Oder anders ausgedrückt: Wer dich mag, wird dich respektieren. Wer nicht, hat dich nicht verdient.

www.ingramcontent.com/pod-product-compliance
Lightning Source LLC
LaVergne TN
LVHW041131150826
845673LV00007B/2278

* 9 7 9 8 3 5 5 4 8 8 3 4 5 *